홍당무

**세계문학산책 29**
**홍당무**

지은이 쥘 르나르
옮긴이 붉은여우
펴낸이 안용백
펴낸곳 (주)넥서스

초판 1쇄 인쇄 2013년 3월 25일
초판 1쇄 발행 2013년 4월 1일

출판신고 1992년 4월 3일 제311-2002-2호
121-840 서울시 마포구 서교동 394-2
Tel (02)330-5500 Fax (02)330-5555

ISBN 978-89-6790-147-9 04800

**www.nexusbook.com**
지식의 숲은 (주)넥서스의 인문교양 브랜드입니다.

세계문학산책 29

쥘 르나르

# 홍당무

붉은여우 옮김  김욱동 해설

지식의숲

# 차 례

# 닭장 문 닫기

"아니, 저런! 오노린이 또 닭장 문 닫는 것을 잊었구나."

르픽 부인이 말했다. 어둠 속으로 활짝 열린 닭장 문이 보였다.

"펠릭스, 네가 가서 좀 닫고 올래?"

르픽 부인은 세 아이 중에서 장남인 펠릭스에게 말했다.

"저는 닭 시중이나 들려고 여기 있는 게 아니에요."

게으름뱅이에 겁쟁이인 펠릭스가 창백한 얼굴로 말했다.

르픽 부인은 옆에 있는 에르네스틴에게 물었다.

"그럼, 에르네스틴 네가 얼른 갔다 올래?"

"어머, 저는 무서워서 싫어요."

누나 에르네스틴은 얼굴도 들지 않고 대답했다. 펠릭스와 에르네스틴은 거실 탁자 위에 팔꿈치를 대고 이마가 닿을 듯이 마주앉아 책을 읽고 있었다.

"그렇지, 나 좀 봐. 홍당무가 있다는 사실을 깜박했네. 홍당무야, 네가 가서 닫고 오너라."

르픽 부인은 홍당무에게 말했다. 르픽 부인은 막내를 '홍당무'라고 불렀다. 홍당무는 붉은 머리카락과 주근깨투성이의 못생긴 얼굴이었다. 탁자 밑에서 혼자 놀고 있던 홍당무가 일어나서 주뼛주뼛 말했다.

"어머니, 저도 무서워요."

"다 큰 녀석이 무섭긴 뭐가 무서워? 어서 갔다 와!"

"맞아요. 홍당무는 염소만큼이나 용감해요."

에르네스틴 누나가 홍당무를 부추기자, 펠릭스 형도 맞장구를 쳤다.

"그래, 홍당무는 무서운 게 하나도 없잖아."

형과 누나가 이렇게 말하자, 홍당무는 자기가 하지 않으면 안될 것 같다고 생각했다. 하지만 홍당무야말로 진짜 겁쟁이였다. 그가 선뜻 나서지 못하고 망설이자, 르픽 부인이 무섭게 눈을 부릅떴다.

"빨리 가지 못하겠니?"

"갈 테니까 촛불이라도 주세요."

홍당무가 마지못해 대답했다. 그러나 르픽 부인은 못 들은 척 으쓱했고, 펠릭스는 코웃음을 쳤다. 그래도 에르네스틴은 홍당무를 가엾게 여겨 촛불을 들고 복도 끝까지 함께 가주었다.

"여기서 기다리고 있을게."

에르네스틴이 말했다.

그러나 누나도 무서운지 끝내 촛불을 두고 달아나 버렸다. 그런데 그 촛불마저 바람에 그만 꺼지고 말았다. 순간 긴장한 홍당무는 두 다리를 오므린 채 어둠 속에서 부들부들 떨기 시작했다.

바로 앞도 보이지 않을 만큼 깜깜했다. 세찬 바람이 불어와 온몸이 오싹했다. 닭장이 있다고 짐작되는 방향으로 최대한 빨리 달려가는 수밖에 달리 방법이 없었다.

겨우 닭장 앞까지 달려가 손으로 더듬어서 문고리를 잡았다. 발소리에 놀라 잠이 깬 닭들이 횃대 위에서 날개를 퍼덕거리며 소란스럽게 울어댔다. 홍당무는 닭들을 향해 소리를 질렀다.

"너희들 조용히 못하겠니?"

홍당무는 문을 닫자마자 날아가듯이 어둠 속을 달렸다. 숨을 헐떡거리며 따뜻한 집 안으로 들어왔다. 홍당무는 스스로 자랑스럽고 기분이 좋아서 가슴을 쭉 펴고 방 안에 우뚝 서 있었다. 그리고 식구들이 칭찬해 주기를 기다렸다.

펠릭스 형과 에르네스틴 누나는 여전히 책을 읽고 있었다. 르픽 부인이 착 가라앉은 목소리로 말했다.

"이제부터 홍당무가 밤마다 닭장 문을 닫는 거다."

# 자고새 죽이기

르픽 씨는 보통 때처럼 사냥자루를 식탁 위에 놓고 풀었다. 사냥자루에서 자고새 두 마리가 나왔다. 펠릭스는 벽에 걸린 작은 흑판에 사냥물의 수를 적었다. 그것은 펠릭스가 맡은 일이었다.

삼 남매는 각자 맡은 일이 있었다. 에르네스틴은 털을 뽑거나 껍질을 벗기는 일을 했다. 그리고 홍당무는 상처를 입고도 아직 살아 있는 사냥물의 숨을 완전히 끊어 놓는 일을 도맡아했다. 성격이 잔인하다는 평판 때문에 어쩔 수 없이 맡게 된 일이었다. 자고새들은 목을 움직이며 퍼덕거렸다.

"빨리 죽이지 않고 무얼 하니?"

르픽 부인이 잔소리를 했다. 홍당무는 고개를 들고 대꾸했다.

"어머니, 저도 이름 적는 일을 하면 좋겠어요."

"너는 키가 작아서 칠판에 손이 닿지 않아."

"그러면 털을 뽑는 일이라도 하고 싶어요."

"그건 남자가 할 일이 아니야."

홍당무는 할 수 없이 양손에 한 마리씩 들었다.

"머리를 거꾸로 해서 단번에 확 비틀어야 한다."

르픽 부인은 죽이는 방법까지 알려주었다.

"두 마리를 한꺼번에 죽일 참이냐?"

르픽 씨가 놀라서 물었다.

"빨리 끝내고 싶어서 그래요."

홍당무가 통명스럽게 말하자, 르픽 부인이 비웃었다.

"웬 신경질이냐? 넌 이런 일을 좋아하잖니?"

자고새는 날개를 푸드덕거리며 발버둥쳤다. 쉽게 죽을 것 같지 않았다. 홍당무는 양 무릎 사이에 자고새 두 마리를 꼭 끼워 넣고 목을 조르기 시작했다. 땀을 뻘뻘 흘리며 얼굴이 새빨개질 정도로 힘을 주었다. 새들을 보지 않으려고 최대한 고개를 쳐들고서 계속해서 힘껏, 더 힘껏 졸랐다. 그러나 새들은 끝까지 버둥거렸다.

화가 난 홍당무는 새들의 다리를 잡고, 자고새의 머리를 인정사정없이 짓밟았다.

"윽, 잔인한 녀석."

펠릭스와 에르네스틴이 동시에 외쳤다.

"가엾은 새들, 저렇게 비참하게 죽다니!"

오랫동안 사냥을 해온 르픽 씨는 매우 언짢아 하며 나가 버렸다.

"이제 됐죠?"

홍당무는 죽은 자고새들을 식탁 위로 던지며 물었다. 르픽 부인은 그것을 이리저리 돌려 보았다. 새의 머리에서 피가 계속 흘러내렸다.

"너무 흉측하게도 죽였구나."

르픽 부인이 인상을 쓰며 말했다.

"다른 때보다 형편없이 죽인 거 같아."

펠릭스가 옆에서 눈살을 찌푸리며 말했다.

# 사냥개 필람

르픽 씨는 신문을 보고 있었다. 에르네스틴 누나는 책을 읽고, 르픽 부인은 뜨개질을 하고 있었다. 펠릭스 형은 난로에 발을 쬐고 있었다. 홍당무는 마룻바닥에 쭈그리고 앉아서 공상에 잠겨 있었다.

그런데 그때 사냥개 필람이 갑자기 일어나 컹컹 짖어대기 시작했다.

"조용히 해!"

르픽 씨가 소리쳤다. 그러나 필람은 더 큰 소리로 짖어댔다.

"이런 바보 같은 사냥개야. 그만 짖어!"

르픽 부인도 소리쳤다. 그러나 필람이 더욱 더 맹렬하게 짖어

댔다.

르픽 씨는 이를 악물고 필람을 노려보았고, 펠릭스는 사납게 욕을 퍼부어 댔다. 그래도 필람은 계속 짖었다.

르픽 부인은 손바닥으로 필람의 엉덩이를 후려쳤다. 르픽 씨는 들고 있던 신문으로 때리다가 성에 차지 않자 발로 걷어찼다. 겁을 먹은 필람은 배를 마룻바닥에 대고 엉금엉금 기면서도 더욱 크게 으르렁거렸다.

르픽 씨네 가족은 화가 머리끝까지 났다. 에르네스틴은 째지는 소리로 욕을 퍼부었다. 그러나 홍당무는 누가 시키지도 않았는데 집 밖을 살펴보러 혼자 나갔다.

'아마 늦게까지 일하고 돌아가는 사람이겠지. 설마 도둑놈이 담을 기어오르고 있는 것은 아닐 거야.'

홍당무는 어둡고 긴 복도를 걸어갔다. 팔을 뻗어 더듬더듬 현관문의 빗장을 찾아서 잡고 덜컹덜컹 소리가 나도록 흔들었다. 그러나 문을 열지는 않았다.

예전 같았으면 위험을 무릅쓰고 마당에 나가서 휘파람을 불어 보았을 것이다. 아니면 노래를 부르거나 일부러 발을 쿵쿵거렸을 것이다. 그래서 보이지 않는 적을 위협하려 했을 것이다. 그러나 이제는 간편한 요령이 생겼다.

가족들은 홍당무가 경비원처럼 용감하게 집 주위를 둘러보고 있을 거라고 생각한다. 하지만 홍당무는 현관문 안쪽에 몸을 착 붙이고 가만히 서 있기만 했다. 언젠가는 들통 나겠지만 그 래도 아직까지는 홍당무의 잔꾀가 잘 통하고 있다.

슬슬 몸에 한기가 느껴졌다. 다시 거실로 돌아갈 시간이 된 것이다. 연극이 너무 길어지면 의심을 받게 된다.

홍당무는 다시 한 번 가냘픈 손으로 무거운 빗장을 흔들어 댔다.

'가족들은 아무 의심 없이 내가 집 밖을 다 돌아보고 오는 거 라 생각하겠지?'

홍당무는 홀가분한 마음으로 가족들을 안심시키기 위해 집 안으로 급히 뛰어 들어갔다.

그 사이 사냥개 필람은 언제 그랬냐는 듯 조용히 엎드려 있었 고, 가족들은 모두 제자리에 돌아가 있었다.

아무도 묻지 않았지만, 홍당무가 천연덕스럽게 한마디 했다.

"개가 잠꼬대를 하나 봐요."

# 코를 고는 버릇

홍당무는 집에서 손님이 자고 가는 게 가장 싫다. 손님들에게
자신의 침대를 빼앗기고 나면, 르픽 부인과 함께 자야 하기 때
문이다.

홍당무는 코를 고는 나쁜 버릇을 가지고 있었다. 그것도 일부
러 그러는 게 아닐까 싶을 정도로 유난스러웠다.

8월인데도 썰렁한 안방에 침대 두 대가 놓여 있었다. 하나는
르픽 씨의 침대이고, 또 하나는 르픽 부인의 침대이다. 손님들
이 오는 날이면 홍당무가 르픽 부인과 함께 나란히 누워서 자야
할 침대였다.

홍당무는 목구멍에 걸려 있는 것을 제거하기 위해 이불 속에

서 가벼운 기침을 해보았다. 콧구멍도 살짝 킁킁거려 보았다. 코를 고는 것은 코 탓이지 목구멍 탓이 아니었다. 잠들기 전에 충분한 준비를 해두려는 것이었다.

그러나 잠이 들자마자 바로 코를 골기 시작했다. 르픽 부인은 홍당무의 엉덩이를 피가 날 정도로 세게 꼬집었다. 르픽 부인은 언제나 그 방법을 썼다.

홍당무가 갑자기 비명을 지르자, 르픽 씨가 깜짝 놀라서 깼다.

"무슨 일이야?"

"얘가 나쁜 꿈을 꾼 모양이에요."

르픽 부인이 아무렇지도 않은 듯 대답했다. 그리고 다정한 유모라도 되는 것처럼 자장가 한 곡을 불러주었다.

홍당무는 몸을 잔뜩 웅크린 채 두 손으로 아픈 엉덩이를 살며시 감싸 쥐었다.

# 오줌을 싼 홍당무

어느 날 밤 홍당무는 오래 참는 바람에 오줌을 싸고 말았다. 몸을 비비 꼬며 참아보려고 했지만 그것은 너무 무리한 욕심이었다. 홍당무는 잠들기 전에 미리 오줌 누는 것을 잊어버리곤 한다.

또 이튿날 밤에는 밭과 밭 사이의 말뚝 앞에 서 있는 꿈을 꾸었다. 그리고 행복한 미소를 띠며 홑이불 안에서 시원하게 오줌을 쌌다. 잠에서 깼을 때 불행하게도 말뚝은 보이지 않았다.

르픽 부인은 화가 치밀어 오르는 것을 꾹 참고서, 너그럽게 웃으며 침착하게 오줌을 닦아주었다.

다음 날 아침, 홍당무는 응석받이 어린아이처럼 침대에서 밥을 먹겠다고 했다. 르픽 부인은 정성껏 끓인 스프를 침대까지 가져다 주었다. 머리맡에서 펠릭스와 에르네스틴이 서서 음흉한 표정으로 홍당무를 내려다보고 있었다.

르픽 부인은 곁눈질로 펠릭스와 에르네스틴에게 이렇게 신호를 보냈다.

'자, 준비는 됐니?'

펠릭스와 에르네스틴은 홍당무의 얼굴이 일그러질 것이라는 기대에 부풀어 있었다.

르픽 부인은 아주 천천히 마지막 한 숟가락의 수프를 홍당무에게 먹였다. 그러고 나서 아주 역겹다는 듯이 말했다.

"아유! 더러워! 네가 지금 먹은 게 뭔지 아니? 어젯밤에 네가 싼 오줌이야. 이 멍청아."

그러나 홍당무는 모두가 기대하는 표정 따위는 전혀 짓지 않고 심드렁하게 말했다.

"그럴 줄 알았어."

홍당무에게 이런 일은 예사였다. 어떤 일이든 익숙해지면 더 이상 우습지 않다.

홍당무의 표정에 모두들 실망하는 듯했다.

# 요강 찾기


홍당무는 몇 번이나 침대에서 오줌을 싼 일이 있다. 그렇기 때문에 홍당무는 밤마다 꽤 신경이 쓰였다. 그나마 여름에는 좀 편했다.

9시쯤 르픽 부인이 잠자리에 들라고 말하면 집 밖을 한 바퀴 돌아보고 나서 오줌을 누고 들어왔다. 그걸로 밤새 안심할 수 있었다.

저녁을 먹고 한참 놀다 보면 9시가 된다. 벌써 어두워진 지는 오래지만 사실은 초저녁이었다. 홍당무는 다시 한 번 오줌을 누지 않으면 안 되었다.

그날 밤에도 홍당무는 자신에게 물었다.

'마렵니? 안 마렵니?'

보통 '마렵다'라는 대답이 나와야 하는데, 그날은 그렇지 않았다. 겨울의 밤은 빨리 오고 아주 길다.

홍당무는 도저히 참을 수 없을 만큼 마려울 때나, 달이 아주 밝아서 용기가 마구 솟아날 때만 그렇게 대답했다.

때로는 르픽 씨나 펠릭스 형이 시범을 보여주기도 했다. 밖에까지 나가지 않고 층계 밑까지만 내려가 갈겨 버리는 것이었다.

그러나 그날 밤에는 비가 세차게 퍼부었다. 바람이 심하게 불어 목장의 호두나무가 미친 듯이 흔들렸다.

홍당무는 나가기가 귀찮아서 스스로 결론을 내려 버렸다.

'난 오줌을 누고 싶지 않다.'

홍당무는 모두에게 잘 자라는 인사를 했다. 그런 뒤에 촛불을 들고 복도 맨 끝에 있는 자기 방으로 들어갔다. 옷을 벗고 침대 속으로 기어들어가 르픽 부인이 오기를 기다렸다.

르픽 부인은 홍당무의 이불자락을 당겨서 침대 가장자리에다 꼭꼭 찔러 넣었다. 그리고 촛불을 끄고 나갔다. 초는 항상 그 자리에 두었지만, 성냥은 절대 남겨두지 않았다.

르픽 부인은 밖에서 문을 걸어 잠갔다. 겁이 많은 홍당무가 그렇게 해주길 원했기 때문이다.

홍당무는 잠시 혼자가 된 기쁨을 맛보았다. 어둠 속에서 여러 가지 생각하는 것이 즐거웠다. 내일도 역시 운이 좋기를 빌면서 홍당무는 잠을 청했다.

그러나 잠이 들려는 순간, 오줌이 마려워 배가 터질 것 같았다.

'아무래도 안 되겠어.'

그런데 홍당무는 침대 밑에 요강이 없다는 것을 알고 있었다. 르픽 부인은 가끔 요강 갖다 놓는 일을 잊었다. 홍당무는 침대에 누운 채 방법을 궁리해 보았다.

'어차피 오늘은 실수할 수밖에 없어. 참으면 참을수록 양만 많아질 뿐이야. 차라리 지금 싸 버리면 체온으로 말릴 수 있을지도 몰라. 잘하면 어머니한테 들키지도 않을 테고.'

홍당무는 마음 놓고 느긋하게 눈을 감았다. 그리고 곧 깊은 잠 속으로 빠져들었다.

홍당무는 화들짝 놀라 잠에서 깼다. 그리고 황급히 아랫배의 상태를 살펴보았다.

"이거 정말 고약한 일이군."

조금 전에는 분명히 문제가 없다고 생각했다. 그러나 그것은 잘못된 생각이었다.

'게으름 피워서 천벌을 받은 거야.'

홍당무는 또다시 방법을 궁리했다. 문은 밖에서 잠겼고, 창문에는 창살이 붙어 나갈 수가 없다. 침대에 거꾸로 매달려 침대 아

래를 향해 두 손을 노처럼 휘저어 보았다. 거기 있을 리가 없었지만, 그래도 혹시나 하는 마음에 요강을 한번 찾아본 것이었다.

홍당무는 이불 속으로 들어갔다가 다시 벌떡 일어났다. 자는 것보다는 방 안을 걸어다니거나 발을 동동 구르는 편이 오줌을 참는 데 더 도움이 될 것 같았다.

홍당무는 아랫배를 매만지면서 고통스러워했다.

"엄마, 엄마!"

홍당무의 목소리는 크지 않았다. 온몸의 힘을 고통 참는 데 모조리 써 버려서 소리 지를 힘이 없었던 것이다.

고통이 최고조에 달했다. 홍당무는 펄쩍펄쩍 뛰기 시작했다. 침대 모서리에 부딪혔거나 벽에 부딪히고, 이어 난로에도 부딪혔다. 그리고 마침내 난로 뚜껑을 활짝 열어젖히고 꿈꾸는 듯 행복한 미소를 지으며 장작더미 위에다 일을 보고 말았다.

밤은 점점 깊어갔다.

홍당무는 새벽녘에야 겨우 잠이 들었다. 르픽 부인이 방문을 열고 들어오면서 얼굴을 찌푸렸다.

"아니, 이게 무슨 냄새지?"

"엄마, 안녕히 주무셨어요."

홍당무가 얼른 일어나 인사했다. 르픽 부인은 이불을 홱 걷어 젖히고는 코를 벌름거리면서 방 안 구석구석 냄새를 맡고 다녔다. 그리고 잠시 뒤에 찾아냈다.

"요강이 없어서 병 날 뻔했어요."

홍당무는 황급히 변명했다. 그것이 가장 좋은 변명이라고 생각했다.

"거짓말! 거짓말쟁이!"

르픽 부인은 밖으로 뛰어나가 요강을 치마에 감추고 황급히 들어와서 재빨리 침대 밑에 밀어 넣었다. 그러고는 어쩔 줄 모르고 서 있는 홍당무의 뺨을 찰싹 때렸다.

"내가 무슨 죄를 지어서 이런 못난 놈을 낳았을까? 내가 정말 못 살아."

르픽 부인의 날카로운 목소리에 온 가족이 놀라서 달려왔다.

르픽 부인은 물이 가득 든 양동이를 들고 불이라도 끄는 것처럼 난로에 쏟아 부었다. 그리고 한참 동안 이불을 털고 시트를 닦으며 호들갑을 떨었다.

"기가 막혀 말이 안 나오는구나! 도저히 참을 수가 없어. 짐승만도 못한 놈! 짐승이라도 요강을 갖다 두면 이런 짓은 하지 않을 거야. 어떻게 난로 안에다 그런 짓을 할 수 있니? 칠칠치 못한 녀석! 내가 너 때문에 미쳐서 죽고 말 거야."

홍당무는 속옷 바람에 맨발로 우두커니 서서 요강을 바라보았다. 어젯밤에는 분명히 없었다. 얌전히 놓여 있는 하얀 요강

을 보니 홍당무는 눈앞이 캄캄했다. 이제 와서 요강이 없었다고
해봤자 소용이 없을 것이다.

가족들은 어이없다는 표정들이었다. 이웃사람들까지 무슨
소란인가 싶어 몰려와서 구경했다. 마침 우편배달부도 왔다. 모
두들 홍당무에게 시끄럽게 질문을 해댔다.

요강을 뚫어져라 노려보며 서 있던 홍당무가 마침내 소리쳤다.

"나는 정말 맹세코 모르는 일이야. 정말이에요. 나도 모른다
고요."

# 토끼 먹이 주기

"네 몫은 없어."

르픽 부인이 후식으로 멜론을 내놓으며 홍당무에게 말했다.

"넌 날 닮아서 멜론을 싫어하잖니?"

'그래요. 나는 멜론을 싫어하는지도 모르죠.' 좋아하는 것도 싫어하는 것도 늘 그렇게 다른 사람들에 의해 정해졌다.

후식 시간이 끝나자, 르픽 부인이 홍당무에게 말했다.

"이 멜론 껍질을 토끼에게 갖다 줘라."

홍당무는 엎지르지 않도록 조심스럽게 접시를 들고 토끼장으로 갔다. 홍당무가 토끼장에 들어서자, 토끼들은 귀를 쫑긋 세우고 콧구멍을 벌름거리며 마치 북을 두드리듯 앞발을 내밀고 서서 홍당무를 둘러쌌다.

"기다려! 우리 사이좋게 반반씩 나눠 먹자."

홍당무는 토끼 똥이며 지저분하게 널려 있는 토끼장 바닥에 털썩 주저앉았다. 우선 멜론 씨를 토끼에게 털어주기 전에 즙을 쭉쭉 빨아 먹었다. 달콤한 포도주처럼 맛있었다.

그런 다음 식구들이 먹다 남긴 노랗고 달콤한 부분을 남김없이 갉아먹고는 초록색 껍질만 남겨서 토끼들에게 던져 주었다.

# 곡괭이 사건

펠릭스 형과 홍당무는 마당에서 일을 하고 있었다. 곡괭이를 하나씩 들고 땅을 파는 중이었다. 펠릭스의 곡괭이는 대장간에 주문하여 쇠로 만든 것이었다. 두 사람은 경쟁이라도 하듯 열심히 흙을 팠다.

그런데 갑자기 뜻밖의 사건이 일어났다. 순식간에 재난이 찾아왔다. 펠릭스의 곡괭이가 홍당무의 이마 한가운데를 내리찍은 것이다. 그런데 홍당무가 아니라 펠릭스를 침대로 옮겨 눕혀야 했다. 홍당무의 이마에 피가 흐르는 것을 본 펠릭스가 정신을 잃었기 때문이다.

가족들이 모두 놀라서 갈팡질팡했다. 르픽 씨가 물었다.

"약은 어디 있지? 빨리 약을 가져와라."

"머리를 식혀야 하니까 찬물을 가져와요."

홍당무는 의자 위에 올라가 모두의 어깨 너머로 펠릭스를 내려다보았다. 홍당무의 이마를 동여맨 헝겊에 피가 새빨갛게 스며 나와 있었다.

르픽 씨가 홍당무에게 말했다.

"너도 큰일 날 뻔했구나!"

"마치 버터에 뚫린 구멍처럼 푹 파였어요."

그렇게 상처가 났는데도, 홍당무는 아프다고 소리를 지르지 않았다. 울지도 않았다. 그래봤자 소용없다는 것을 알고 있기 때문이다.

잠시 후 펠릭스가 한쪽 눈을 떴다. 곧 다른 쪽 눈도 떴다. 깜짝 놀라서 정신을 잃었을 뿐, 크게 다친 데는 없었다. 펠릭스의 얼굴에 핏기가 돌아왔다.

가족들의 마음에서 걱정과 불안이 모두 사라졌다.

르픽 부인이 그제야 홍당무에게 말했다.

"홍당무, 넌 늘 이렇다니까. 정신을 차렸어야지. 이 사고뭉치야!"

# 사냥꾼 형제

"총을 굳이 두 자루 갖고 갈 필요는 없을 거다. 한 자루면 되겠지? 사이좋은 형제는 무엇이든지 함께 나누어 쓰는 거란다."

르픽 씨가 펠릭스와 홍당무에게 말했다.

"좋아요, 아빠! 우리 둘이 교대로 쓸게요. 우선 홍당무가 갖고 있다가 가끔 내게 빌려주면 되거든요."

펠릭스가 시원스럽게 대답했다. 하지만 홍당무는 아무 말도 하지 않았다. 펠릭스의 말을 도무지 믿을 수 없기 때문이다.

르픽 씨가 녹색 자루에서 사냥총을 꺼내 와서 물었다.

"누가 먼저 가질 거냐? 당연히 형이 먼저겠지?"

"아니에요. 홍당무에게 양보하겠어요. 네가 먼저 가져, 홍당무!"

"그래? 형이라고 펠릭스가 아주 착하구나."

르픽 씨는 사냥총을 홍당무의 어깨에 걸어 주었다.

"자아, 그럼 싸우지 말고 잘 놀다 오너라."

"아버지! 개를 데려가도 돼요?"

홍당무가 물었다.

"아니, 그럴 필요 없이 너희 둘이 교대로 사냥개 역할을 하면 되잖니?"

홍당무와 펠릭스는 사냥을 떠났다. 옷차림은 평상시와 다를 게 없었지만 상관없었다. 장화가 없는 것이 조금 유감스러울 뿐이었다. 그러나 르픽 씨는 진짜 사냥꾼이라면 장화 따위에는 신경 쓰지 말아야 한다고 말했다.

"빈손으로 돌아가는 일은 없을 거야, 그렇지?"

펠릭스가 말했다.

"물론이지. 문제없어."

홍당무가 자신 있게 대답했다. 홍당무의 어깨가 비쩍 말라서 총대가 자꾸 미끄러졌다. 펠릭스는 그것을 알고도 모른 척하며 말했다.

"네가 싫증날 때까지 총을 메고 가도 좋아."

"형은 역시 좋은 사람이야."

홍당무는 싱긋 웃어 주었다. '형이 웬 일이야?'라고 말하고 싶은 걸 겨우 참았다.

마침 그때 참새 떼가 날아올랐다.

홍당무는 펠릭스에게 움직이지 말라고 신호를 보냈다. 참새들은 이 나뭇가지에서 저 나뭇가지로 날아다녔다. 홍당무와 펠릭스는 발소리를 죽였다. 그리고 참새들에게 천천히 다가갔다. 그러나 참새들은 금세 알아채고 일제히 날아올랐다.

펠릭스가 욕을 해댔다. 홍당무는 심장이 쿵쿵 뛰는 것을 느꼈지만 서두를 것은 없다고 생각했다. 참새들은 다시 나뭇가지에 앉았다. 홍당무는 속으로 생각했다.

'실수하지 말아야 할 텐데…….'

"아직 쏘지 마. 너무 멀어."

옆에서 펠릭스가 주의를 주었다.

"참새들이 우리와 가까운 것 같은데……."

"우리가 몸을 숙이고 있어서 가까워 보이는 거야. 바로 앞인 것 같아도 사실은 먼 거리란 말이야."

펠릭스는 자신의 말이 옳다는 것을 증명하겠다는 듯이 벌떡 일어났다. 그러자 참새들이 깜짝 놀라서 멀리 날아가 버렸다.

그런데 그중에 한 마리가 날아가지 않고 나뭇가지 끝에 앉아서 가지와 함께 흔들리고 있었다. 배를 쑥 내민 채 꼬리를 위로 올리고 머리를 좌우로 흔들었다.

"잘됐다. 저놈이라면 문제없지."

홍당무는 조심스럽게 총을 겨누었다.

"이리 줘. 딱 좋은 놈인걸. 빨리 총을 달라니까."

펠릭스는 홍당무에게서 총을 빼앗았다. 홍당무는 멍하니 입을 벌리고 서 있었다. 펠릭스는 재빨리 목표물을 향해 방아쇠를 당겼다. 그러자 마치 요술처럼 참새가 떨어졌다.

어느 사이엔가 총이 다시 홍당무의 손에 돌아왔다. 펠릭스가 총을 넘기고 몸소 사냥개 노릇까지 하러 잽싸게 뛰어간 것이었다.

"꾸물거리지 좀 말고 서둘러."

펠릭스가 말했다.

"서두르고 있잖아."

홍당무가 뾰로통하게 말했다.

"너 왜 부어터진 얼굴을 하고 있는 거야?"

"박수라도 쳐달라는 거야?"

"어쨌거나 참새를 잡았잖아. 네가 쏘았더라면 놓치고 말았을걸."

"하지만 난……."

"네가 잡든 내가 잡든 마찬가지야. 오늘은 내가 잡았으니까 내일은 네가 잡으면 돼."

"또 내일?"

"그래, 약속할게."

"형은 항상 내일이래."

"맹세할게. 됐지?"

"좋아, 됐어. 그보다 참새나 더 찾아보자. 이번에는 내가 쏠게."

"안 돼. 너무 늦었어. 빨리 집에 가서 어머니께 이놈이나 구워달라고 하자. 자, 네 주머니 속에 넣고 가."

집으로 돌아왔다. 홍당무는 주머니 속에 참새를 넣고 기분이 좋아졌다. 좀 전의 불쾌했던 기분 따위는 다 잊어버렸다.

르픽 씨는 돌아온 두 아들을 보고 놀라서 물었다.

"아니 홍당무야. 아직도 네가 총을 메고 있구나. 계속 네가 메고 있었던 거냐?"

"네. 제가 거의 메고 다녔어요."

홍당무가 의기양양하게 대답했다.

# 두더지 죽이기

홍당무는 굴뚝 청소부처럼 새까만 두더지 한 마리를 잡아서 실컷 가지고 놀았다. 그러다가 싫증이 나자 두더지를 죽이기로 마음먹고 여러 번 내동댕이쳤다.

몇 번 내동댕이쳐진 두더지는 다리가 부러지고 머리가 깨지고 배가 터졌다. 곧 죽을 것만 같았다. 그러나 이상하게도 좀처럼 죽지 않고 버텼다.

홍당무는 지붕보다 더 높이 던졌다가 힘껏 내동댕이쳤다. 그래도 두더지가 죽지 않자 화가 치밀었다.

"이놈아, 죽어라. 죽어!"

두더지는 온통 피투성이가 되었다. 하지만 배는 파르르 떨리고 있었다. 홍당무는 아직 두더지가 죽지 않았다고 생각했다.

"이놈아, 죽어라. 죽어."

두더지는 온통 피투성이가 되었다. 하지만 배는 여전히 파르르 떨리고 있었다.

홍당무는 그것을 보고 아직 두더지가 죽지 않았다고 생각했다.

"이놈이 이래도 안 죽어?"

홍당무는 약이 올라 씩씩거렸다. 눈물을 글썽이며 다른 돌멩이에다 다시 한 번 힘껏 내동댕이쳤다.

홍당무가 내동댕이치면 칠수록 두더지는 더욱 죽지 않으려고 용을 쓰는 것처럼 보였다.

# 토끼풀 먹기

홍당무와 펠릭스는 오후 예배가 끝나자 서둘러 집으로 돌아왔다. 오후에는 간식을 먹기로 되어 있기 때문이다. 펠릭스는 간식으로 버터나 잼을 바른 빵을, 홍당무는 아무것도 바르지 않은 빵을 받을 것이다.

홍당무는 며칠 전 가족들 앞에서 선언했다. 자신은 맛있는 것만 골라 먹는 먹보가 아니라고. 그렇게 하면 어른스러워 보일 거라고 생각했던 것이다.

아무것도 바르지 않은 빵은 너무 딱딱했다. 그럴 때면 홍당무는 마치 적과 싸우는 듯한 기세로 빵을 물어뜯었다. 어떤 때는 빵을 머리에 부딪혀서 잘게 부서지도록 만든 다음, 그 조각들을 입으로 던져 넣기도 했다.

가족들은 신기한 듯이 그 모습을 지켜보았다. 홍당무의 위는 타조처럼 튼튼해서 돌이나 녹슨 동전 같은 것도 충분히 소화시킬 수 있을 거라고 말했다.

집에 도착한 홍당무는 문고리를 잡아당겼다. 그러나 문이 안으로 잠겨 있었다.

"엄마 아빠가 안 계신가 봐."

홍당무가 말했다.

"이런 제기랄!"

펠릭스는 화를 내며 문을 발로 걷어찼다. 둘이서 힘을 합쳐 밀어 보았지만 문은 꿈쩍도 하지 않았다.

"정말 아무도 없나 봐."

홍당무가 힘없이 말했다. 그러자 펠릭스가 물었다.

"도대체 어디 가셨지?"

"내가 그걸 어떻게 알아? 난 모르지."

홍당무는 이렇게 말하고 현관문 앞 계단에 앉았다. 엉덩이가 점점 차가워졌다. 그리고 참을 수 없이 배가 고팠다. 하품을 해 보기도 하고 주먹으로 가슴을 쳐보기도 했지만, 배고픔을 참을 수가 없었다.

"이렇게 기다리고 있을 수만은 없어."

펠릭스가 말했다.

"그럼, 무슨 좋은 수라도 있어?"

"기다리다가 굶어 죽겠다. 지금 당장 먹을 것이 필요해. 뭐든지 상관없어. 풀이라도 좋아."

"풀? 그거 재미있겠다. 엄마 아빠가 아시면 기절하시겠네."

"왜? 샐러드는 누구나 잘 먹잖아. 이 토끼풀을 샐러드라고 생각하면 돼. 단지 식초나 식용유를 전혀 넣지 않았을 뿐이지."

"맞아. 그러니까 버무릴 필요도 없겠네."

"우리 내기할까? 나는 토끼풀을 먹겠어. 하지만 넌 못 먹을걸."

"어째서 형은 먹을 수 있고, 나는 못 먹는다는 거야?"

"그러니까 내기를 하자는 거 아냐. 어때?"

"응. 그런데 그보다는 옆집에 가서 빵 한 조각하고 요구르트를 조금만 얻어 오는 게 어때? 그게 더 나을 것 같지 않아?"

"나는 토끼풀이 더 좋을 것 같아."

"알았어, 가자."

펠릭스와 홍당무는 토끼풀이 많이 돋아난 풀밭으로 갔다. 둘은 신이 나서 풀밭 위를 뛰어다녔다. 형제는 풀밭 한가운데에 엎드렸다.

"정말 기분 좋은데!"

펠릭스가 외쳤다. 풀잎에 얼굴이 간지러웠다. 형제는 웃었다. 아주 어렸을 때 한 침대에서 잘 때처럼 즐거웠다.

배고픈 것도 다 잊고 개구리헤엄, 개헤엄 등 시늉을 해가며 장난을 쳤다.

두 사람은 행복한 기분에 젖어 잠시 누워 있었다.

"아참, 할 일이 있었지. 이제 먹어 보자. 하지만 내 땅을 침범해서는 안 돼."

펠릭스가 이렇게 말하더니 팔을 벌려 원을 그렸다.

"그래, 어차피 나는 나머지 부분만으로 충분해."

홍당무가 말했다.

두 사람의 머리가 풀 속으로 사라졌다. 바람이 살랑살랑 불어왔다. 토끼풀이 바람에 흔들렸다.

펠릭스는 토끼풀을 듬뿍 뽑아서 머리에 뒤집어쓰고 입에다 넣는 흉내를 했다.

홍당무는 형이 정말로 토끼풀을 먹는 줄 알았다. 자기도 가능한 한 깨끗하고 부드러운 것을 골라 입 안에 넣고 천천히 씹기 시작했다. 너무 써서 구역질이 나올 것 같았지만, 토끼풀을 잘근잘근 씹어댔다.

# 포도주 안 마시기

홍당무는 이제 식사 때 포도주를 마시지 않기로 결심했다. 벌써 며칠 전부터 포도주를 마시지 않았다. 홍당무가 너무도 간단하게 포도주를 뚝 끊어 버리자 식구들은 깜짝 놀랐다.

어느 날 아침 르픽 부인이 보통 때처럼 포도주를 따라주려고 하자, 홍당무가 말했다.

"저는 마시지 않겠어요. 목이 마르지 않아요."

그날 저녁 식사 때에도 홍당무는 똑같은 말을 했다. 그러자 르픽 부인이 말했다.

"네가 정말 웬일인지 모르겠구나. 네 덕분에 다른 사람들 몫이 더 많아졌어."

그날은 아침부터 밤까지 포도주를 마시지 않았다. 사실 그날은 정말 목이 마르지 않았기 때문에 그랬던 것뿐이었다.

다음날, 르픽 부인은 아침 식사를 준비하며 홍당무에게 물었다.

"오늘은 포도주를 마실 거냐?"

"글쎄, 어떻게 해야 좋을지 잘 모르겠어요."

"너 좋을 대로 해라. 마실 거면 찬장에 가서 잔을 가지고 오려무나."

홍당무는 잔을 가지러 가지 않았다. 정말 마시고 싶지 않았던 건지 잊어버린 건지 아니면 스스로 잔을 가지러 가는 것이 쑥스러웠던 건지 이유는 알 수 없었다. 아무튼 그날도 마시지 않아서 모두들 깜짝 놀랐다.

"너 정말 대단하구나. 그런 능력이 있는 줄은 몰랐어."

르픽 부인이 말했다.

"신기한 재주로구나. 그 재주가 나중에 큰 도움이 될 때가 있을 거다. 예를 들면 혼자서 낙타도 타지 않고 사막을 여행하다가 길을 잃었을 경우 말이다."

르픽 씨가 말했다. 펠릭스와 에르네스틴은 홍당무를 두고 내기를 했다. 먼저 에르네스틴이 말했다.

"홍당무라면 아마 일주일 정도는 아무것도 안 마시고 견딜 수 있을 거야."

그러자 펠릭스가 말했다.

"그럴까? 이번 일요일까지 해서 사흘만 버텨도 대단한 거라
고 생각하는데."

홍당무는 희미하게 미소를 지으면서 말했다.

"목만 마르지 않다면 언제까지라도 마시지 않고 견딜 수 있
어. 실험용 토끼나 쥐처럼."

"넌 쥐가 아니야."

펠릭스가 딱 잘라 말했다. 홍당무는 화가 났다. 모두에게 자
기가 진짜 할 수 있다는 것을 보여주고 싶었다. 그 후로 르픽 부
인은 언제나 홍당무의 잔을 내놓지 않았다. 홍당무도 잔을 요구
하지 않았다. 비꼬는 듯한 칭찬이든 진심 어린 감탄이든, 홍당
무는 주변 사람들의 반응에는 별로 신경 쓰지 않았다.

"저 앤 병이 난 게 아니면, 미친 게 틀림없어."

어떤 사람은 이렇게 말했고, 또 어떤 사람은 이렇게 말했다.

"아무도 몰래 혼자서 마실 거야."

그러나 사람들은 무슨 일이든 처음에만 잠깐 궁금하게 여길
뿐이다. 날이 갈수록 홍당무의 부모도 이웃 사람들도 홍당무가
아무것도 마시지 않는 것에 관심을 갖지 않았다.

이제 포도주 잔은 필요 없는 물건이 되었다. 오랫동안 먼지만

뽀얗게 뒤집어쓴 채 놓여 있었다. 마침내 하녀 오노린은 램프를 닦다가, 문득 포도주 잔을 보면서 램프 닦는 모래를 담아두면 좋겠다고 생각했다.

# 아빠의 기분

르픽 씨는 기분이 좋을 때는 가끔 아이들과 놀아주기도 했다. 뒤뜰의 잔디 위를 거닐면서 재미있는 이야기를 들려주거나, 여러 가지 놀이를 가르쳐 주곤 했다. 그럴 때 펠릭스와 홍당무는 바닥에서 데굴데굴 구르며 즐거워했다.

그날도 세 사람은 한참을 소란스럽게 떠들며 놀고 있었다. 에르네스틴이 와서 점심 준비가 다 되었다고 말하자, 깔깔대던 웃음을 겨우 진정했다. 그러나 가족들이 모두 모이는 자리에선 언제나 다들 얼굴을 잔뜩 찌푸리고 있었다. 여느 때와 마찬가지로 모두들 말없이 먹는 데에만 열중했다.

그때 르픽 부인이 갑자기 놀랄 만한 말을 꺼냈다.

"빵 한 조각만 집어줘요. 남은 잼을 먹어치워야겠어요."

누구에게 한 말일까. 르픽 부인은 평소에 음식을 손수 갖다 먹는 습관이 있었다. 그리고 식탁에서는 말을 거의 하지 않았다. 어쩌다 말을 한다고 해도 대부분은 사냥개 필람을 향해 중얼거리는 말이었다. 르픽 부인은 필람에게 채소 값이 얼마나 올랐는지, 적은 돈을 가지고 여섯 명의 식구들과 개 한 마리를 먹여 살리는 일이 얼마나 힘들고 어려운지를 말하곤 했다.

그런데 뜻밖에도 르픽 부인이 르픽 씨에게 말을 걸었다. 식구들 모두가 깜짝 놀랄 일이었다. 르픽 씨는 깜짝 놀라서 잠시 머뭇거리다가 빵을 손끝으로 집었다. 그러고는 심각하고 무뚝뚝한 표정으로 르픽 부인에게 던졌다. 장난으로 그런 것인지 싸움을 걸려고 한 것인지 알 수 없는 행동이었다.

에르네스틴은 엄마가 모욕을 당하는 것 같아 기분이 나빴다. 얼굴을 잔뜩 찌푸렸다.

펠릭스는 의자 다리에 두 발을 얹고 몸을 건들거리며 말 타는 시늉을 하며 혼자 생각했다.

'아빠 기분이 오늘 모처럼 좋은 편인데…….'

홍당무는 입 안에 음식을 잔뜩 넣은 채 꼼짝도 하지 않았다.

르픽 부인은 벌떡 일어나 밖으로 나가 버렸다. 자식들 앞에서 남편에게 푸대접을 받았다고 생각하니, 화가 났던 것이다.

# 총과 나팔

르픽 씨가 파리에 출장을 갔다가 오늘 아침에 돌아왔다. 르픽 씨는 집안에 들어서자마자 여행 가방을 열었다. 먼저 에르네스틴과 펠릭스에게 선물을 주었다.

르픽 씨는 등 뒤에 선물을 감추고 홍당무에게 물었다.

"이번에는 네 차례다. 너는 무엇이 제일 갖고 싶으냐? 나팔이냐, 총이냐?"

홍당무는 개구쟁이라기보다는 조심성 많은 아이였다. 솔직하게 말하면 나팔이 갖고 싶었다. 나팔은 적어도 손 안에서 총알이 발사되는 일은 없기 때문이다.

그러나 어른들은 으레 그만한 또래의 사내아이들은 총이나

칼 같은 장난감을 더 좋아한다고 생각한다.

홍당무는 아버지가 그런 생각으로 준비했을 거라고 재빨리 머릿속으로 생각했다. 그리고 조금도 망설임 없이 대답했다.

"저는 총이 좋아요."

홍당무는 아빠의 마음을 뻔히 알고 있다는 듯 말했다. 그런데 그 말만 했어도 좋았는데 내친 김에 한술 더 떴다.

"감추셔도 소용없어요. 저는 이미 다 봤으니까요."

르픽 씨는 아주 곤란한 표정으로 말했다.

"총이 더 좋단 말이지? 너도 변했구나."

실수를 눈치 챈 홍당무는 얼른 말을 바꾸었다.

"아니에요, 아버지. 농담으로 해본 소리예요. 신경 쓰지 마세요. 총 같은 것은 정말 싫어요. 빨리 나팔을 주세요. 전 나팔이 더 좋아요."

그러자 르픽 부인이 끼어들었다.

"그런데 왜 거짓말을 했지? 아버지를 곤란하게 하려고 그랬니? 그리고 총을 봤다는 건 또 무슨 소리니? 너한텐 나팔이고 총이고 아무것도 줄 수 없다. 거짓말을 한 벌이야. 이 나팔이나 잘 봐 둬라. 빨간 술이 세 개나 달려 있고, 금장식을 한 깃발도 하나 달려 있구나. 자, 이젠 이걸 부엌에 갖다 놓아야겠다."

모든 것이 끝이었다. 아주 멋진 나팔은 더 이상 홍당무가 가지고 놀 수 없게 되었다.

　르픽 부인은 홍당무의 손이 닿지 않는 찬장 꼭대기에 나팔을 올려놓았다.

# 포마드 기름

르픽 부인은 일요일마다 아이들을 교회에 보냈다. 그때마다 아이들을 깨끗하게 단장시키는 일은 누나 에르네스틴이 맡았다.

에르네스틴은 넥타이를 골라 매주고 손톱을 깎아주고 기도서를 챙겨주었다. 그중에서도 에르네스틴이 가장 열심히 한 일은 펠릭스와 홍당무의 머리에 포마드를 발라주는 일이었다.

홍당무는 아무 불평 없이 에르네스틴이 하는 대로 내버려 두었다. 그러나 펠릭스는 늘 제발 좀 조금만 바르라며 투덜댔다. 그러면 에르네스틴은 어물어물 그러겠다고 대답하고는, 언제나 듬뿍 발라 놓았다.

"어머나, 또 잊어버렸어. 일부러 그런 건 아니야. 다음 주일엔 절대로 안 잊어버릴게. 내기를 해도 좋아."

그날 아침에는 에르네스틴이 머리를 썼다. 펠릭스가 수건을 목에 두르느라 고개를 숙이고 있을 때, 몰래 포마드를 듬뿍 쏟아 부은 것이다. 펠릭스는 전혀 눈치 채지 못했다.

"어때? 네가 원하는 대로 아무것도 바르지 않았어. 그러니까 쓸데없이 불평은 하지 마. 난로 위에 얌전히 놓여 있는 포마드 병 보이지? 오늘은 뚜껑도 열지 않았어. 사실 네 머리카락은 포마드를 바르지 않아도 될 정도로 부드러워. 홍당무 머리카락이야 시멘트를 발라도 정리가 안 되겠지만, 네 머리카락은 태어날 때부터 부드러운 곱슬머리라서 괜찮아. 아마 저녁때까지도 멋있을 거야."

"누나, 고마워."

펠릭스는 조금도 의심을 하지 않은 듯했다. 머리카락을 직접 만져보지도 않았다. 에르네스틴은 펠릭스에게 양복을 입혀준 다음 하얀 장갑을 끼워주었다.

"멋져. 마치 왕자님 같아. 이제 모자만 쓰면 되겠구나. 옷장에서 네가 꺼내올래?"

그러나 펠릭스는 옷장 앞을 그냥 지나치더니 부엌으로 걸어갔다. 그리고 찬장에서 물이 가득 든 물주전자를 꺼내 태연하게 머리 위로 물을 쏟아 부었다.

"내가 말했지? 바보 취급하는 건 절대 용서할 수 없다고. 이런 유치한 방법으로 나를 속이려고 하다니. 한 번 더 그랬다간 봐. 포마드 병을 강물에 처 넣고 말 테니까."

펠릭스의 머리는 물에 빠진 생쥐 꼴이 되었고, 멋진 나들이옷 위로 물이 뚝뚝 떨어졌다.

'대단하구나.'

홍당무는 놀라움과 부러움의 눈길로 꼼짝도 않고 펠릭스를 바라보았다.

'형은 누구도 무서워하지 않아. 내가 만약 형처럼 한다면 모두 다 비웃겠지? 난 그냥 포마드를 싫어하지 않는 척하는 편이 나을 거야.'

그렇게 체념하고 있는 동안 홍당무의 머리카락은 어느 사이엔가 또 반항을 시작했다. 홍당무의 머리카락은 포마드를 바르면 잠깐 동안은 얌전히 있다. 하지만 조금만 바르면 부스스하게 일어나기 시작해서 마침내 꼿꼿해지는 것이었다.

# 수영

시곗바늘이 오후 4시를 가리키고 있었다. 홍당무는 애가 타서 안절부절못했다. 홍당무는 참지 못하고 뒤뜰의 개암나무 아래에서 낮잠을 자고 있는 르픽 씨와 펠릭스를 흔들어 깨웠다.

"수영하러 간다면서요?"

홍당무가 물었다.

"그래, 가자. 수영복 좀 갖고 와."

펠릭스는 쉽게 일어났다.

"아직 너무 더운 것 같은데."

르픽 씨가 선뜻 일어나지 않고 꾸물거리며 말했다.

"저는 햇볕이 쨍쨍할 때가 좋아요."

펠릭스가 거들어 주었다.

"아빠도 여기보다 냇가에 있으면 기분이 더 좋으실 거예요. 풀밭에서 주무셔도 되잖아요."

홍당무가 한 번 더 조르자, 르픽 씨는 마지못해 일어났다.

"그래, 좋다. 앞장들 서거라. 하지만 천천히 가야 한다. 더위 먹을라."

홍당무는 자꾸만 빨라지려는 걸음을 억지로 늦추느라 발이 근질근질했다. 홍당무는 아무 무늬도 없는 자신의 수영복과 빨 강색, 파란색 줄무늬가 들어간 펠릭스의 수영복을 어깨에 걸쳤 다. 그리고 신나 죽겠다는 표정으로 쉴 새 없이 재잘거렸다.

"형, 물에 들어가면 정말 기분이 좋을 거야. 신나게 헤엄쳐야 지."

"건방진 소리 하지 마."

펠릭스가 표정 하나 바꾸지 않고 업신여기듯이 말했다. 홍당 무는 그만 입을 다물었다.

눈앞에 강이 나타나자 홍당무의 얼굴에서 웃음이 싹 사라졌 다. 수면 위에 뿌려진 오후 햇살이 보석처럼 반짝였고, 물결이 출렁일 때마다 후텁지근한 냄새가 풍겼다.

르픽 씨가 시계를 보면서 정해진 시간을 재는 동안에 수영을 해야만 했다. 홍당무는 부르르 몸서리를 쳤다. 용기를 내서 이번에야말로 꼭 해내고 말겠다고 생각했다. 하지만 막상 물을 보면 더럭 겁부터 났다.

홍당무는 조금 떨어진 곳에서 옷을 벗었다. 비쩍 마른 몸과 못생긴 발을 감추고 싶은 마음도 있었지만, 무엇보다도 무섭다는 마음을 들키고 싶지 않았기 때문이다.

펠릭스는 벌써 물 속에 들어가서 수영을 하고 있었다. 홍당무는 일단 강가에 앉아서 엄지발가락을 물에 넣어 보았다. 너무 작은 구두를 신어 발가락 끝이 살짝 까져 있었다.

홍당무는 나무뿌리를 타고 미끄러져 내려가 강 속으로 서서히 들어갔다. 나무뿌리에 장딴지와 넓적다리, 엉덩이를 차례로 긁혔다. 홍당무는 수영 연습을 할 수 있는 장소를 찾았다. 모래 위를 무릎으로 걸으면서 팔만 휘저을 수 있는 장소였다.

"너무 급하게 하지 마라. 주먹을 쥐고 팔을 휘두르지 말라니까. 그런데 너는 통 발을 움직이지 않는구나."

르픽 씨가 말했다.

"발을 움직이지 않고 수영하는 것이 훨씬 더 어려워요, 아버지."

홍당무는 나름대로 열심히 노력했지만 또 펠릭스가 방해를 했다. 홍당무가 다시 한 번 연습하려고 몸을 굽혔을 때 갑자기 펠릭스가 등 뒤로 기어올라 머리를 물속에 처넣은 것이다.

"이번에는 네 차례야. 원한다면 내 등에 올라타도 좋아."

"나 혼자서 연습하게 제발 그냥 좀 내버려둬."

홍당무가 애걸하며 말했다.

그때 르픽 씨가 큰 소리로 말했다.

"둘 다 그만 나오너라."

"벌써요?"

홍당무는 나가고 싶지 않았다. 충분히 연습을 하지 못했기 때문이다.

나갈 때가 되니까 물이 무섭지 않았다. 납덩이처럼 무겁던 몸이 새털같이 가벼워진 것 같았다.

"빨리 나오라니까."

르픽 씨가 소리쳤다.

홍당무는 얼른 나와서 풀밭으로 갔다.

"그런데 홍당무야. 깨끗하게 씻지 않은 것 같구나. 복사뼈에 때가 아직 그대로 있잖니?"

르픽 씨가 말했다.

"아버지, 이건 진흙이에요."

"아니야. 때가 틀림없어."

"그럼, 다시 한 번 물에 들어갈까요?"

"아니다. 내일 씻어라. 오늘은 이만 돌아가자."

"좋아요. 내일도 오늘처럼 날씨가 좋아야 할 텐데."

홍당무는 수건 끝자락을 손가락에 둘둘 감고 몸의 물기를 닦으며 말했다.

펠릭스가 쓰고 난 수건이지만 아직 끝자락은 젖지 않았다.

# 하녀 오노린

르픽 부인과 하녀 오노린이 부엌에서 이야기를 나누었다. 홍당무가 밖에서 그들의 대화를 엿들었다.

"오노린, 올해 나이가 몇이지요?"

"예, 꼭 예순일곱 살이랍니다."

"꽤 많은 나이네요."

"그렇지만 문제 될 건 없어요. 아직 충분히 일할 수 있답니다. 병이라고는 한 번도 걸려본 적이 없어요. 이 튼튼한 몸은 누구에게도 절대 뒤지지 않을걸요."

"내가 보기에 오노린은 너무 늙어서 이제 빨래조차 힘에 부친 것 같아요. 지난번에도 빨래 바구니를 들고 오다가 넘어졌잖아요.”

“부인, 걱정하지 마세요. 아직 멀쩡하니까요.”

“그래요. 하지만 진짜 문제는 눈이에요. 오노린 요즘 눈이 잘 안 보이죠? 아니라고는 하지 마세요. 오노린이 해놓은 일을 보면 확실하게 알 수 있으니까요.”

“그런 말씀 마세요. 부인이 갓 시집온 새색시 때와 조금도 다를 게 없어요. 제 눈은 아직도 똑똑히 보인답니다.”

“좋아요. 그럼 찬장 안에서 어떤 접시든 하나 가지고 와 봐요. 증거를 보여줄 테니까.”

오노린이 찬장에서 접시를 하나 꺼내 가지고 왔다.

“자아, 이것 봐요. 오노린이 접시를 깨끗하게 닦았다면, 이 뿌연 얼룩은 도대체 뭐지요?”

“그건 찬장 안에 습기가 차서 그래요.”

“그래요? 찬장 안에는 손가락도 몇 개 들어 있나 보군요. 이 손가락 자국 좀 보세요.”

“손가락 자국이 어디에 있다고 그러세요, 부인? 제 눈엔 아무것도 안 보이는데요.”

“그럴 테지요. 바로 그거예요. 당신 눈은 점점 어두워지고 있어요. 나는 오노린이 꾀를 부렸다고 생각하진 않아요. 그런 생각을 한다면 내가 나쁜 사람이지요. 이 부근에서 오노린처럼 열심히 일하는 하녀는 없을 테니까요. 하지만 당신은 너무 늙었어요. 누구나 나이는 들어요. 어쨌거나 오노린, 요즈음 당신 눈이 좋지 않은 것만은 틀림없어요."

"그래도 저는 항상 눈을 크게 뜨고 일해요."

"어제 점심때도 애들 아빠에게 더러운 컵을 드렸잖아요. 나는 알면서도 오노린이 기분 나빠할까 봐 아무 말도 하지 않았어요. 물론 남편도 잠자코 있었어요. 원래 말이 없는 사람이긴 하지만 그런 걸 놓칠 사람은 아니에요. 사람들은 남편을 대범한 사람이라고 하지만 절대 그렇지 않거든요. 무슨 일이든 마음속에 담아두지요. 남편은 말없이 컵을 밀어 놓더니 식사하는 내내 아무것도 마시지 않았어요. 나는 중간에서 양쪽 입장을 함께 생각하느라고 괴로웠어요."

"어머나, 주인어른이 하녀를 어려워하시다니! 말씀만 하시면 바로 다른 컵으로 바꿔 드릴 텐데요."

"그러게 말이에요. 하지만 남편은 말을 하지 않기로 작정한 사람이잖아요. 나는 예전에 체념했어요. 그런데 지금 내가 얘기하고 싶은 것은 그게 아니에요. 한마디로 말해서 오노린의 눈은 하루하루 나빠지고 있어요. 물론 빨래 같은 일에는 큰 지장이 없겠지만 세심하게 신경 써야 할 일들에는 문제가 있어요. 비용은 좀 들겠지만 오노린을 도와줄 사람을 하나 구해야 할 텐데."

"저는 다른 하녀와 함께 일하고 싶지 않아요, 부인."

"그럼, 어떻게 하면 좋겠어요? 솔직하게 말해 봐요."

"저는 죽는 날까지 훌륭하게 일할 수 있어요."

"죽는 날까지? 정말로 그렇게 생각하고 있어요?"

"설마 부인께서는 설거지 좀 잘못했다고 저를 해고하실 생각
은 아니시겠지요? 나가라고 하시지만 않는다면 절대로 이 집을
떠나지 않겠어요. 갈 데도 없다는 걸 잘 아시잖아요."

"누가 해고한댔어요? 오노린, 그저 솔직하게 얘기 좀 하자는
것뿐입니다."

"부인, 용서해 주세요."

"오노린의 눈이 나빠진 것은 누구의 죄도 아니에요. 병원에
가면 치료할 수 있을 거예요. 오노린은 눈이 나빠지는 것도 모
르고 있었잖아요. 하지만 그것 때문에 우리 가족들은 불편했어
요. 나는 단지 오노린이 불쌍해서 앞으로 똑같은 실수를 하지
말라는 뜻에서 말했을 뿐이에요."

"죄송해요. 부인이 그렇게 말씀해 주시니 안심이 되네요. 이
제부터는 조심하겠습니다."

"오노린이 나가겠다고 하지 않는 이상, 제가 먼저 쫓아내는
일은 없을 거예요."

"예, 예. 잘 알겠습니다. 제가 일을 할 수 있는데도 나가라고

하시면 화를 낼 거예요. 하지만 제가 귀찮은 존재가 되었다는 것을 느끼면 제 발로 나가겠습니다.”

　“그래요. 나가더라도 언제든지 우리 집에 찾아오면 따뜻한 수프 정도는 대접할게요, 오노린.”

# 오노린의 냄비

홍당무는 언제나 가족을 위해서 도움이 되는 일을 하고 싶었다. 그렇지만 그럴 기회가 좀처럼 찾아오지 않았다. 그래도 늘 기회가 오기만을 기다렸다. 드디어 기회가 왔다.

부엌 아궁이 위의 갈고리에는 아침부터 밤까지 언제나 큰 냄비 하나가 걸려 있었다. 겨울에는 더운물이 많이 필요하기 때문에 하루에도 몇 번씩 냄비에 다시 물을 채워 넣어야 했다. 냄비를 가득 채운 물은 훨훨 타오르는 장작불 위에서 펄펄 끓었다.

여름에는 더운물을 쓸 일이 거의 없었다. 그런데도 냄비는 여전히 쉭쉭 휘파람 소리를 내며 쓸데없이 끓고 있었다. 가끔 휘파람 소리가 그치면, 오노린은 냄비에 귀를 바짝 갖다 대고는

069

중얼거렸다.

"이런, 물이 다 졸아 버렸네."

오노린은 냄비에 물을 가득 붓고 아궁이에 장작을 더 집어넣었다. 그리고 조금 있다 냄비의 물이 다시 끓기 시작하는 소리가 나면 그제야 안심하고 다른 일을 했다. 누군가는 오노린에게 이런 말을 해주고 싶을 것이다.

"오노린, 어째서 필요하지도 않은 물을 끓이죠? 어서 냄비를 내려놓고 불을 꺼요. 장작은 거저 생기는 게 아니에요. 장작이 없어서 겨울에 벌벌 떨며 사는 사람들이 얼마나 많은 줄 알아요?"

그러나 오노린은 들은 척도 안 할 것이다. 오노린은 언제나 거기에 냄비가 있는 것을 보아 왔으며, 펄펄 끓는 물소리를 들어 왔기 때문이다. 냄비가 비게 되면 어김없이 물을 다시 채웠다.

오노린은 이제 냄비에 손을 대보거나 들여다보지도 않았다. 보이지 않아도 냄비에 물이 있는지 없는지 훤히 알 수 있었기 때문이다. 냄비에서 끓는 소리가 들리지 않으면 습관처럼 물을 쏟아 부었다. 하지만 이때까지 한 번도 실수한 적이 없었다.

그런데 그날은 오노린이 처음으로 실수를 했다. 아궁이에다 물을 쏟아 부은 것이다. 곧 시커먼 연기가 올라와 오노린을 덮쳤다. 숨조차 제대로 쉴 수 없어진 오노린은 뒷걸음질 치면서 비명을 질러댔다. 그리고 연신 재채기를 하고 침을 뱉었다.

"아이구. 땅 속에서 도깨비라도 튀어나오는 줄 알았네."

오노린은 따끔거리는 눈을 간신히 뜨며, 재투성이가 된 손을 뻗어 아궁이 위를 더듬어 보았다.

'아니, 이럴 수가! 냄비가 없네!'

오노린은 깜짝 놀랐다.

'아니야. 이럴 리가 없는데. 도무지 영문을 알 수가 없군. 조금 전까지도 분명히 휘파람 소리를 내고 있었단 말이야.'

오노린이 앞치마에 묻은 채소 부스러기를 털기 위해 잠깐 창문 쪽으로 등을 돌린 사이에 누군가가 냄비를 가져간 것이 틀림없었다.

르픽 부인이 나타났다.

"웬 소란이에요, 오노린?"

"정말 어처구니없는 일을 당했지 뭐예요. 저 좀 보세요. 치마도 손도 다 새까맣게 됐어요. 속옷까지 온통 재투성이라고요."

"내 눈에는 온통 물 천지인 아궁이만 보이는군요. 참 깨끗하기도 하네요."

르픽 부인이 비꼬자, 오노린이 화를 내며 말했다.

"왜 제 냄비를 말도 없이 가져가셨어요? 그런 일을 할 사람은 부인밖에 없어요!"

"오노린의 냄비라고요? 그 냄비는 이 집안 식구 모두의 것일 텐데요. 나나 내 남편이나 아이들이 냄비를 사용하려면 오노린의 허락을 받아야 하는 건가요?"

"아, 제가 억지를 부렸군요. 화가 나서 그만."

"나한테 화를 내는 거예요? 아니면 자신에게 화를 내는 거예요? 말 좀 해보세요. 저야말로 정말 어처구니가 없네요. 냄비가 없으면 아궁이에다 물을 부어야 하나요? 자신이 잘못한 일을 가지고 누구한테 화를 내는 거지요? 나도 이젠 도저히 참을 수가 없군요."

"잠깐, 홍당무 도련님! 제 냄비가 어디로 갔는지 혹시 모르세요?"

부엌 밖에서 초조하게 그 광경을 지켜보고 서 있는 홍당무에게 오노린이 물었다. 그러나 르픽 부인이 그 말을 가로채며 단호하게 말했다.

"저애가 뭘 안다고 물어요? 설사 안다고 해도 저애한테는 책임이 없어요. 지금 냄비가 어디로 갔는지가 중요한 게 아니잖아요. 어제 오노린이 했던 말 기억하지요? 쓸모가 없어지면 제 발로 나가겠다고 말했잖아요. 오노린의 눈에 문제가 있다는 건 알고 있었지만, 이렇게까지 심한 줄은 몰랐네요. 난 더 이상 아무 말도 하고 싶지 않아요. 입장을 바꿔놓고 생각해 봐요. 그리고 신중하게 결단을 내리세요."

오노린은 울고 있었다.

"울고 싶으면 맘껏 울어도 돼요. 실컷 울어요."

르픽 부인이 말했다.

"엄마! 오노린 할머니는……."

그때 홍당무가 망설이다 말을 꺼냈다. 그러자 엄마의 표정이 이렇게 말하는 것 같았다.

'저 녀석이 무슨 말을 하려고 그러지? 이제 와서 모든 일을 엉망으로 만들려고?'

그래서 속으로만 중얼거렸다.

'내가 냄비를 치웠어, 오노린!'

마음이 아프지만 아무리 생각해도 어쩔 도리가 없는 일이었다.

홍당무가 사실을 고백해도 달라질 것은 없었다. 홍당무는 아무 말도 못하고 그 자리를 뜨고 말았다.

# 새로운 하녀 아가트

오노린 대신에 그녀의 손녀인 아가트가 새로운 하녀로 들어왔다. 그래서 며칠 동안 르픽 씨 가족의 눈길이 홍당무에게서 아가트에게로 옮겨졌다.

"아가트, 방에 들어올 때는 언제나 노크를 해야 한다. 그렇다고 망아지처럼 문에다 발길질을 하라는 말은 아니다."

르픽 부인이 말했다.

'슬슬 어머니의 심술이 시작되는군. 점심식사 땐 볼 만하겠어.'

홍당무는 속으로 생각했다.

식사는 항상 부엌의 식탁에서 했다. 아가트는 팔에 냅킨을 걸

치고 분주하게 돌아다니기를 좋아했다. 그리고 말을 빨리 하고, 웃음소리가 컸다.

식사 시간이 되면 르픽 씨가 맨 먼저 자리에 앉았다. 냅킨을 편 다음 식탁 한가운데에 있는 큰 접시에서 고기 한 조각을 덜어 자기 접시에 놓았다. 고기에 소스를 치고 잔에 포도주를 따랐다. 준비가 끝나면, 등을 새우처럼 구부리고 눈을 내리깐 채 조금씩 천천히 먹기 시작했다. 언제나 마찬가지였다.

아이들의 몫은 르픽 부인이 덜어줬다. 맨 먼저 펠릭스 형에게 준다. 펠릭스는 배고픈 것을 참지 못하기 때문이다. 다음은 에르네스틴, 에르네스틴이 나이가 제일 많기 때문이다. 그리고 마지막으로 홍당무, 홍당무의 자리는 식탁 제일 끝 쪽 귀퉁이였다.

홍당무는 절대로 더 달라고 조르는 법이 없었다. 마치 더 먹는 것을 금지당한 아이처럼, 언제나 르픽 부인이 나누어 준 것만으로 만족했다.

그러나 펠릭스와 에르네스틴은 고기가 더 먹고 싶으면 말없이 자기 접시를 식탁 가운데로 내밀었다. 그러면 르픽 부인이 고기를 더 덜어주었다.

식사 때에는 누구도 말을 하지 않았다. 아가트는 참 이상한 가족이라고는 생각했다.

르픽 씨는 마치 유리 조각이라도 씹는 것처럼 천천히 먹었다.

르픽 부인은 평소에는 상당히 수다스러운 편이지만, 식사 시간만 되면 마치 다른 사람이 된 것처럼 한 마디도 하지 않았다.

에르네스틴은 천장을 바라보면서 입을 오물거렸다. 펠릭스는 빵 부스러기로 장난을 쳤다. 그러나 홍당무는 다른 데 신경쓸 여유가 없었다. 굶주린 것처럼 너무 빨리 먹어도 안 되고 꾸물거리며 너무 늦게 먹어도 안 되기 때문이었다.

갑자기 르픽 씨가 물주전자를 들고 일어섰다. 물주전자가 비어 있었던 모양이다.

"어머, 제가 갈게요."

아가트가 말했다. 그러나 이미 늦었다.

르픽 씨의 접시에 빵이 조금밖에 남지 않았다. 아가트는 이번에야말로 정신을 바짝 차려야겠다고 생각했다. 그런데 이번에는 오로지 르픽 씨의 접시에만 신경 쓰느라 다른 사람들은 그만 잊어버렸다.

르픽 부인이 퉁명스럽게 말했다.

"아가트, 그렇게 꼼짝 않고 있다가 얼음이 되겠구나."

아가트는 깜짝 놀라 말했다.

"네, 시키실 일이라도……."

아가트는 계속 르픽 씨의 접시에서 눈을 떼지 못했다. 이번에야말로 눈치 빠르게 행동해서 주인에게 인정받고 싶었다.

드디어 기회가 왔다. 르픽 씨가 마지막 남은 빵 조각을 입에 넣었다.

아가트는 '이때다' 하고 찬장으로 뛰어가서 아직 자르지도 않은, 커다란 빵을 들고 왔다. 그리고 재빨리 르픽 씨 앞에 내밀었다.

아가트는 주인이 원하는 것을 미리 알아차린 자신이 너무나 대견하다는 듯한 표정을 지었다.

그러나 르픽 씨는 본 척도 하지 않았다. 그리고 표정 없이 냅킨을 접어놓고 의자에서 일어나, 모자를 들고 담배를 피우러 마당으로 나가 버렸다. 르픽 씨는 일단 식사가 끝나면 결코 더 먹는 법이 없었다.

# 홍당무가 맡은 일들

"아가트, 아까는 실망했지? 그래도 너무 낙심하지는 마. 늘 있는 일이니까."

식사가 끝나고 부엌에는 아가트와 홍당무만 남게 되었다. 홍당무는 아가트에게 친절하게 말을 걸었다.

"네, 그렇군요."

아가트는 큰 병을 들고 일어서며 대꾸했다. 홍당무가 물었다.

"그런데 그 병은 어떡하려고?"

"지하 창고에 갖다 두려고요, 홍당무 도련님!"

"창고에는 내가 갈게. 거긴 사다리를 타고 내려가야 해. 미끄러지면 발목뼈가 부러져. 지금까지 그 일은 내가 해왔어. 나는 포도주를 구별할 줄도 알아. 술병을 팔아서 돈을 벌기도 하고. 물론 그 돈은 다 어머니한테 맡겨 놓아야 하지만……. 어쨌든 미리 말해 두겠는데, 우리 서로 각자의 일을 방해하진 말자. 알았지?"

홍당무는 이어서 자기가 맡은 일들에 대해 이야기를 늘어놓았다.

"아침에 일어나서 제일 먼저 하는 일은 개집 문을 열어주는 거야. 개한테 수프를 갖다 주는 일도 내 일이고, 저녁 때 휘파람을 불어서 개를 집으로 불러들이는 것도 내 일이지. 그리고 어느 날 밤부터는 닭장 문을 닫는 것도 내 일이 되어 버렸어. 풀을 베는 일도 내가 해. 난 풀 종류를 잘 알거든. 베어 온 풀을 가축들한테 주는 일도 내가 해. 그리고 난 아빠를 도와 장작 패는 일도 해. 그냥 운동 삼아 하는 일이지. 아빠가 사냥해 온 수확물이 아직 죽지 않았을 때 그 짐승의 목을 비트는 일도 내 몫이야. 아마 넌 에르네스틴 누나와 함께 깃털을 뽑아야 할 거야.

생선을 잡아 왔을 때에는 내가 배를 가르고 내장을 끄집어내는 일을 해. 그런데 비늘은 네가 긁어내야 해. 물도 길어 와야 하고. 커피를 빻는 일은 내가 해. 실을 감을 때 잡아주는 일도 내가 하고. 아버지가 벗어 놓은 구두를 신발장까지 갖다 놓는 일도 내가 해. 하지만 실내화는 에르네스틴 누나만 가져오거나 갖다 놓을 수 있어. 자기가 수를 놓았다고 아무도 못 건드리게 하거든.

음…… 그리고 중요한 심부름은 언제나 내가 해. 약국에 가거나 의사를 부르러 가는 일이 있지. 내가 맡은 일은 대충 이 정도야.

아가트, 너는 장을 봐오거나 잔심부름을 해야 해. 그리고 비가 오나 눈이 오나 하루에 한두 시간 빨래를 해야 해. 그 일이 네일 중에서 가장 힘들 거야. 나는 빨래만큼은 어떻게 해줄 수가 없거든. 하지만 틈이 나면 조금씩 도와줄게. 담장 위에다 빨래를 널어주는 일 정도는 할 수 있으니까.

참, 한 가지 꼭 알아둘 게 있어. 절대로 과수원의 나무에다 빨래를 널어선 안 돼. 아버지가 보면 바로 땅바닥에 내동댕이칠 거야. 그러면 흙이 묻어서 다시 빨아야 해. 구두 닦는 일도 네 몫이야. 특히 아버지가 사냥할 때 신는 구두에는 기름을 넉넉히 칠해 두는 게 좋을 거야. 안 그랬다간 진흙으로 엉망이 되어서 나중에 닦기가 무척 힘들어지거든.

하지만 아버지 바지에 묻은 진흙에는 별로 신경 안 써도 돼. 아버지는 훌륭한 사냥꾼이라면 반드시 바지에 진흙이 묻어 있어야 한다고 생각하시거든. 그래서 일부러 바짓단을 걷어 올리지 않고 진흙탕 속을 걸어 다니시지.

나는 바짓단을 꼭 걷어 올려야만 해. 아버지는 내가 아직 완

전한 사냥꾼이 못 되었다고 못마땅해하지만, 내가 만약 아버지처럼 한다면 당장 어머니한테 혼이 날걸. 이건 순전히 어른들의 취향 문제야. 절대 슬퍼할 필요는 없지.

방학 동안에는 이렇게 우리 둘이서 일을 나누어서 하면 돼. 방학이 끝나 우리 3남매가 기숙사로 돌아가면 일이 훨씬 줄어들 테니, 너 혼자서도 충분히 할 수 있을 거야. 아가트, 넌 아마 우리 식구들을 이상하다고 생각하겠지만 사실은 전혀 그렇지 않아.

에르네스틴 누나는 천사처럼 착하고, 펠릭스 형은 사려 깊고 고상해. 아버지는 천성이 정직한 분이고, 어머니는 요리의 달인이야.

가족 중에 문제 있는 사람이 있다면 그건 바로 나겠지. 하지만 나 역시 평범해. 그래도 군이 고쳐야 할 점이 있다면 거리낌 없이 말해줘. 고치도록 노력해 볼게. 가능한 한 우리 호흡을 잘 맞추어 보자.

아참, 그리고 또 한 가지! 나를 '홍당무 도련님'이라고 부르지 마. 그냥 '홍당무'라고 불러줘. 그 편이 훨씬 간단하잖아. 네 할머니 오노린처럼 꼬마에게 하는 듯한 말투는 제발 쓰지 마."

# 장님의 방문

누군가가 지팡이 끝으로 현관문을 두드렸다.

"또 왔구먼. 무슨 일일까?"

르픽 부인이 중얼거렸다.

"또 은화가 필요한 거겠지. 어서 문이나 열어줘!"

르픽 씨가 대꾸를 했다. 르픽 부인은 마지못해 일어나서 문을 열고 장님의 팔을 잡아 안으로 확 끌어당겼다. 그러고는 얼른 문을 닫았다. 바깥 날씨가 지독히도 추웠기 때문이다.

"안녕하세요, 여러분!"

장님은 지팡이 끝으로 마룻바닥을 톡톡 두드리며 안으로 들어와서 난로 옆 의자에 앉았다. 추위에 꽁꽁 언 손을 녹이면서

불을 쬐고 있는 장님에게 르픽 씨가 주머니에서 은화 한 닢을 꺼내 주었다. 더 이상 장님에게는 눈길을 주지 않고 계속해서 신문을 읽었다.

홍당무는 한쪽 귀퉁이에 쭈그리고 앉아서 장님의 나막신을 쳐다보았다. 나막신에 묻어 있던 눈이 녹아서 마룻바닥에 지도를 그리고 있었다.

르픽 부인이 그것을 보고는, 짜증스럽게 말했다.

"신발을 벗어서 이리 주세요."

르픽 부인은 얼른 나막신을 받아서 난로 아래에 놓았다. 하지만 너무 늦었다. 바닥에는 이미 물이 흥건하게 괴어 있었다. 홍당무는 손톱으로 바닥을 긁어 자기 쪽으로 물길을 만들었다. 물길을 따라 흘러온 물이 마룻바닥 틈새로 스며들었다.

"돈을 받았으면 됐지, 안 가고 뭐하는 거야?"

르픽 부인이 들으라는 듯이 크게 말했다. 하지만 장님은 시치미를 뚝 떼고 정치 이야기를 시작했다. 르픽 씨는 때때로 신문을 넘기며 장님의 말에 대꾸했다.

"그럴 수도 있겠군요. 그런데 지금 하신 말씀이 사실입니까?"

"사실이지요. 좀 들어보시오, 주인양반! 멀쩡했던 내 눈이 왜 이 지경이 되었는지 아시오?"

장님은 이제까지 몇 번이나 되풀이했던 이야기를 또 꺼냈다.

"도대체 나갈 생각이 없구먼! 그렇다면……."

르픽 부인은 장님 곁을 왔다 갔다 하면서 일부러 팔꿈치로 치기도 하고 발을 밟기도 했다. 장님은 할 수 없이 뒷걸음질을 치다가 난로 곁에서 멀리 떨어져 찬장 있는 데까지 밀려났다.

장님은 어찌할 바를 모르고 허공을 손으로 더듬으며 허둥지둥 이야기를 마무리 지었다. 순간 장님이 들고 있던 지팡이를 놓쳤다.

르픽 부인은 마치 기다리고 있었던 것처럼 재빨리 달려가서 지팡이를 주워들었다. 그리고 당황한 장님을 확 끌어당겨 나막신을 신긴 다음 현관 쪽으로 데리고 갔다.

마지막으로 장님의 팔을 꼬집어 조금이나마 앙갚음을 하고 나서 문 밖으로 밀어냈다.

문을 닫기 전에 르픽 부인이 장님에게 말했다.

"돈을 잃어버리지 않도록 조심하세요. 이번 일요일쯤 날씨가 좋거든 또 오시고요. 물론 그때까지 살아 있다면 말이에요. 영감님 말처럼 누가 살고 죽을지는 아무도 모르는 일이에요. 고통은 누구에게나 있는 법이니까요. 하느님은 정말 누구에게나 공평하세요!"

# 새해 선물

눈이 내렸다. 눈이 내려야 역시 설날 기분이 난다. 르픽 부인은 미리 출입문에 빗장을 걸어 놓았다. 동네 아이들이 이 집 저 집 문고리를 흔들고 다니기 때문이다. 돈이나 과자를 얻기 위해서다.

드디어 르픽 씨 집 대문 앞에 온 아이들은 조심스럽게 문고리를 흔들었다. 아무런 반응이 없었다. 슬슬 화가 치민 아이들은 대문을 발로 마구 걷어차기 시작했다. 그래도 아무런 반응이 없자 아이들은 투덜거리며 멀어져 갔다. 르픽 부인은 커튼 뒤에 몸을 숨기고 멀어져 가는 아이들의 뒷모습을 지켜보았다.

삼 남매는 나란히 부엌으로 갔다. 르픽 씨와 르픽 부인은 여느 때와 다름없이 무표정하게 식탁 앞에 앉아 있었다. 먼저 에르네스틴이 부모님에게 키스를 하고 인사를 했다.

"어머니, 아버지, 새해 복 많이 받으세요. 그리고 올해도 건강하세요."

펠릭스도 똑같은 말을 재빨리 반복하고 나서 키스를 했다. 그런데 홍당무는 모자 속에서 편지 한 장을 꺼냈다. 봉투에는 '사랑하는 부모님께'라고 씌어 있었다. 주소 대신 이상하게 생긴 새 한 마리가 봉투 한쪽 모서리를 향해 그려져 있었다.

홍당무는 편지를 르픽 부인에게 내밀었다. 르픽 부인이 봉투를 뜯었다. 꽃이 그려진 편지지였는데, 가장자리가 예쁜 레이스로 장식되어 있었다. 그런데 레이스 여기저기에 잉크가 스며든 자국이 있었다. 편지를 쓰면서 홍당무가 펜으로 실수를 몇 번인가 한 것이다.

"내 건 없니?"

르픽 씨가 물었다.

"이건 두 분께 드리는 거예요. 어머니가 읽으신 후에 아버지가 읽으시면 돼요."

"그래. 너는 나보다는 네 어머니를 더 사랑하는구나. 그렇다면 좋다. 새해 선물을 어떻게 해야 할지 다시 생각해 봐야겠구나."

"잠깐만요, 아버지. 어머니가 금방 읽으실 거예요."

"문장은 괜찮은 것 같은데, 글씨가 너무 엉망이어서 읽기 힘들구나."

르픽 부인이 르픽 씨에게 편지를 건네주며 말했다.

"자아, 이번은 아버지 차례예요."

홍당무는 르픽 씨가 편지를 읽는 동안 꼼짝도 하지 않고 서서 대답을 기다렸다.

"흐음……흐음……."

르픽 씨는 고개를 끄덕거리며 몇 번이나 되풀이해서 읽었다. 이윽고 편지를 식탁 위에 올려놓았다. 단지 그것뿐이었다. 편지는 이제 아무 쓸모가 없어졌다. 편지는 누구라도 보고 읽을 수 있었다.

에르네스틴과 펠릭스가 번갈아 편지를 읽었다. 틀린 글자를 찾아내 지적한 다음 편지를 홍당무에게 돌려주었다. 홍당무는 편지를 다시 모자 속에 구겨 넣었다.

르픽 부인이 새해 선물을 나누어 주었다. 에르네스틴은 자신의 키보다 큰 인형을 받았다. 펠릭스는 상자에 들어 있는 병정 인형을 받았다.

"너를 위해서는 깜짝 놀랄 선물을 준비했다."

르픽 부인이 홍당무에게 말했다.

"아, 그래요?"

"이미 알고 있다는 투로구나. 그렇다면 보여줄 필요도 없겠네?"

"아니에요. 저는 전혀 몰라요."

홍당무는 숨을 죽이고 르픽 부인을 바라보았다. 르픽 부인은 찬장에서 노란 종이에 싼 선물을 꺼내왔다. 파이프 모양의 빨간 사탕이었다.

홍당무는 조금도 실망하지 않았다. 환하게 웃어주었다. 이럴 때 어떻게 해야 하는지를 너무나 잘 알고 있었던 것이다.

홍당무는 파이프 사탕을 입에 물고 담배 피우는 시늉을 한 번 하고 나서 말했다.

"이건 정말 괜찮은 파이프로군."

홍당무는 파이프 사탕을 입에서 빼며 환한 미소를 지어주고 말았다.

# 방학 전후

다시 방학이 되었다. 르픽 씨네 삼 남매가 합승 마차를 타고 고향으로 돌아왔다. 마차에서 내려 집 가까이에 이르자, 멀리 르픽 씨와 르픽 부인의 모습이 보였다.

'여기서부터 달려가면 되는 건가?'

홍당무는 망설였다.

'아직 일러. 여기서부터 달려가면 숨이 찰 거야. 너무 야단스러워 보일지도 모르고.'

홍당무는 혼자 속으로 생각했다.

'여기서부터 달려갈까? 아냐, 저기서부터 달리는 게 더 나을 거야.'

홍당무는 아직도 망설였다.

'모자는 언제 벗는 것이 좋을까? 어느 분에게 먼저 키스를 해야 할까?'

홍당무가 이런 생각을 하고 있는 사이, 펠릭스와 에르네스틴이 먼저 달려가 두 사람의 품에 안겨 버렸다. 홍당무가 르픽 씨와 르픽 부인 앞에 도착했을 때에는 어디에도 낄 틈이 없었다.

"너는 아직도 '아빠'라고 하니? 이제부터는 '아버지'라고 해라. 그리고 키스 대신에 악수를 하도록 해. 그게 훨씬 남자다우니까."

르픽 부인은 이렇게 말하며 홍당무의 이마에 형식적인 키스를 해주었다. 어찌됐든 홍당무는 집에 돌아왔다고 생각하니 기뻤다.


방학이 끝나고 기숙사로 돌아가야 하는 날이다. 르픽 부인은 합승 마차의 방울 소리가 멀리서 들려오자 아이들을 두 팔로 끌어안았다.

홍당무는 그 속에 끼지 못하고 참을성 있게 자기 차례가 돌아오기를 기다렸다.

그러나 르픽 부인은 홍당무를 껴안아 줄 생각이 없는 모양이다. 홍당무는 이 순간 너무나 슬펐다.

"안녕히 계세요, 어머니."

홍당무는 슬픔을 참으며 점잖게 인사를 했다.

"아니, 그게 무슨 소리니? 형이나 누나처럼 엄마라고 하면 되지, '어머니'는 또 뭐냐? 아직 어린 나이에 어른 흉내를 내려는 거니?"

르픽 부인은 이렇게 말하면서도 홍당무의 이마에 가볍게 키스를 해주었다.

홍당무는 다음에는 르픽 부인에게는 '엄마'라고, 르픽 씨에게는 '아버지'라 부르겠다고 생각했다.

# 아버지와의 키스

르픽 씨는 펠릭스와 홍당무를 생 마르크 중학교의 기숙사에 넣었다. 기숙사 학생들은 비나 눈이 와도 하루에 두 번씩 학교를 오갔다. 그다지 멀지 않은 거리였기 때문에 1년 내내 걸어 다녔다.

그날도 수업이 끝난 학생들이 양 떼처럼 무리를 지어 교문을 나섰다. 홍당무는 고개를 숙인 채 걷고 있었다.

"야, 네 아버지 오셨어."

친구 중 한 명이 홍당무에게 말했다.

르픽 씨는 아이들에게 불쑥 찾아오는 것을 좋아했다. 편지도 하지 않고 갑자기 찾아온다.

홍당무와 펠릭스는 가끔 생각지도 못하다가 건너편 길모퉁이에서 담배를 물고 서 있는 아버지를 발견하곤 했다.

홍당무와 펠릭스는 학생들 무리에서 빠져나와 아버지에게 달려갔다. 홍당무가 말했다.

"아버지가 오시리라고는 꿈에도 생각하지 못했어요."

"너는 나를 보아야만 내 생각을 하는 모양이구나."

르픽 씨가 말했다.

홍당무는 다정한 말로 대꾸하고 싶었다. 그러나 아무것도 떠오르지 않았다.

발뒤꿈치를 들고 르픽 씨에게 키스를 하려고 했다. 홍당무의 입술이 르픽 씨의 수염에 닿았다.

그런데 웬일인지 르픽 씨는 키스를 피하듯 머리를 뒤로 홱 젖혔다. 홍당무는 다시 한 번 키스를 하려고 했다. 그러나 르픽 씨는 또 뒷걸음쳤다.

'아버지는 이제 나를 사랑하지 않나 봐. 펠릭스 형의 키스는 받으면서 어째서 내 키스는 피하시는 걸까? 나를 싫어하시는 거야. 평소에도 그랬던 거 같아. 나는 아버지가 정말 보고 싶었는데, 아버지를 만나면 강아지처럼 아버지 품에 뛰어들려고 했는데…….'

홍당무는 너무 슬퍼서 견딜 수가 없었다.

르픽 씨는 홍당무에게 그리스어 공부는 어떠냐고 물으셨다. 그런데 홍당무는 슬픈 마음에 잠겨 대충 생각나는 대로 대답했다.

"해석이 작문보다는 쉬워요. 해석은 짐작으로도 알 수 있으니까요."

"그럼, 독일어는 어떠냐?"

"독일어는 발음이 너무 어려워요."

"이 녀석아! 만약 전쟁이라도 난다면 독일 사람들을 어떻게 이길래? 적의 말을 잘 알아들을 수 있어야 유리한 입장을 차지할 수 있는 거야."

"전쟁이 날 때까지 열심히 공부해서 독일어를 완전히 정복하면 되죠. 그리고 아버지는 늘 전쟁 얘기를 하시는데, 제가 졸업할 때까지 전쟁 같은 건 안 일어날 거예요."

"그건 그렇고, 요전에 시험을 보았다면서? 설마 꼴찌를 한 건 아니지?"

"꼴찌도 한 사람쯤은 있어야죠?"

"이 녀석이!"

르픽 씨는 홍당무의 머리통을 한 대 쥐어박았다. 그리고 다시 말을 이어서 했다.

"사실 너희들에게 맛있는 점심을 사주려고 온 건데, 생각해 보니 오늘은 일요일이 아니구나. 너희들 공부를 방해하고 싶지 않으니 오늘은 그만둬야겠다."

"나는 그다지 할 일도 없는데, 형은 어때?"

홍당무는 아버지의 말에 아쉬운 듯 펠릭스에게 물었다.

"나도 그래. 마침 숙제도 없어."

"펠릭스, 숙제가 없더라도 복습을 해야지."

르픽 씨가 말했다.

"복습하지 않아도 돼요. 아버지, 전 다 외워 버렸거든요."

펠릭스가 자신 있게 대답했다.

"아무튼 오늘은 안 돼. 그냥 기숙사로 돌아가거라. 일요일까지 여기 있을 계획이니, 그때 맛있는 것을 사주마."

펠릭스는 불만스럽게 입을 삐죽 내밀었다. 그런데 홍당무는 오히려 다른 것이 걱정이었다.

'아버지가 작별 키스는 잘 받아 주실까? 그래, 다시 한 번 시도해 보자. 아버지가 정말 나를 싫어하는지 확실히 알아보는 거야.'

홍당무는 굳게 결심하고 르픽 씨에게 다가갔다.

그런데 이번에도 르픽 씨는 다가오는 홍당무를 무정하게 손으로 가로막았다. 그리고 이렇게 말했다.

"얘야, 네 귀에 꽂혀 있는 펜대가 내 눈을 찌르려고 하는구

나! 내게 키스할 때는 좀 치울 수 없겠니? 나를 봐라. 나는 네 키스를 받기 위해 담배를 입에서 빼지 않았니?"

"아, 죄송해요. 펜대가 거기 있다는 사실을 깜빡 잊었어요. 정말이에요."

홍당무는 너무 기쁜 나머지 자꾸 웃음이 나왔다.

"아버지, 이 펜대는 제 귀에 꼭 맞아요. 그래서 언제나 이렇게 끼워 놓고는 잊어버려요. 정말이지 너무너무 기뻐요. 펜대가 이유였다니요."

"이 녀석아, 뭐가 그렇게 우습니? 나를 애꾸눈으로 만들 뻔한 게 그렇게도 우습니?"

"아니에요. 아버지. 저는 지금 다른 일로 웃고 있는 거예요. 조금 전까지 또 바보 같은 생각을 하고 있었거든요."

홍당무는 그제야 기분이 좋아져 활짝 웃으며 말했다.

# 붉어진 뺨

생마르크 학원의 원장 선생이 마지막 순찰을 마쳤다. 학생들은 각자 침대 속으로 기어들어갔다. 마지막으로 실장인 비올론 선생이 모두 침대로 들어갔는지 확인하고 나서 등불을 약하게 줄였다. 그때부터 침대를 사이에 두고 소곤소곤 이야기 소리가 들리기 시작했다. 이내 방 안은 아이들의 술렁거림으로 가득 찼다.

비올론은 낡은 구두를 신고 침대 사이를 서성거렸다. 그리고 마르소의 침대 옆에 멈추어 섰다. 비올론은 매일 밤 마르소와 늦게까지 이야기를 나눴다.

비올론은 침대에 걸터앉아서 다리가 아픈지도 모르고 마르소의 이야기를 들었다. 마르소의 맑은 눈을 바라보면서 자신의 눈까지 맑아지는 것을 느낄 수 있었다.

마르소의 새하얀 피부는 기분에 따라 다양하게 변했다. 언젠 가 한 아이가 무심코 마르소의 뺨을 손가락 끝으로 꾹 눌렀다. 그러자 그 자리에 하얀 손자국이 생겼는데, 그것이 또 금세 분 홍 장밋빛으로 변했다. 그리고 마치 맑은 물에 포도주를 쏟은 것처럼 순식간에 코에서부터 귀까지 온통 장밋빛이 번졌다. 정 말 매혹적인 기술이었다.

모두들 재미있어 하며 마르소의 뺨을 한 번씩 눌러보았다. 마 르소는 전혀 귀찮아 하지 않았다. 그때부터 마르소에게는 '붉은 등', '붉은 뺨' 같은 별명이 생겼다.

마르소를 부러워하며 질투하는 아이들도 많았다. 마르소 바 로 옆 침대를 쓰는 홍당무 역시 그중의 하나였다.

홍당무는 주근깨투성이에 핏기 하나 없는 자기 뺨을 한 번 힘 껏 꼬집어 보았다. 아무런 변화도 없었다. 몇 번 더 세게 꼬집어 보았지만 괴이한 갈색 자국만 남을 뿐이다.

홍당무는 그날 밤 비올론이 다가오자 모포를 뒤집어쓰고 숨 을 죽였다. 그리고 탐정처럼 온갖 기교를 동원해서 일부러 코를 골기도 하고 몸을 뒤척이며 이리저리 돌아눕기도 하면서 비올 론과 마르소를 살폈다. 그러다가 무엇을 보았는지 가위에 눌린 것처럼 갑자기 비명을 질렀다.

비명 소리에 모두들 깜짝 놀라서 일어났다. 비올론도 깜짝 놀라서 일어나 자기 자리로 가 버렸다. 그러자 홍당무는 기다렸다는 듯이 마르소에게 속삭였다.

"야, 이 계집애 같은 놈아."

그러나 마르소는 아무 대꾸도 하지 않았다. 홍당무는 일어나서 마르소의 팔을 움켜잡았다.

"야, 이 계집애 같은 놈아. 내가 못 본 줄 알아? 비올론 실장이 너한테 키스하는 거 다 봤어, 너 실장 애인이지?"

홍당무는 주먹을 불끈 쥐고 윽박지르듯 말했다.

"그래서 그게 어쨌다는 거지?"

갑자기 뒤에서 누군가가 말했다. 비올론이었다. 홍당무는 얼른 침대에 드러누워서 모포를 뒤집어썼다.

"맞아, 내가 마르소에게 키스했어. 마르소. 사실대로 이야기해도 돼. 우리는 잘못한 게 하나도 없어. 홍당무, 너는 아직 순수한 키스도 구별 못하니? 나는 아버지가 아들에게 하듯, 형이 동생에게 하듯, 마르소의 이마에 살짝 키스했을 뿐이야. 무슨 말이든지 해봐, 이 얼빠진 놈아!"

비올론은 이렇게 말하고 나서 마르소에게 뭔가 귓속말을 했다.

홍당무는 모포를 뒤집어쓰고 자는 척하면서 그 얘기를 들어

보려고 온 신경을 집중했다.

'무슨 말을 하고 있는 거지?'

이윽고 비올론은 그림자처럼 조용히 일어나서 침대 사이를 빠져나갔다.

홍당무는 한참 동안 비올론의 움직임을 살폈다. 또 갑자기 되돌아오면 낭패였기 때문이다.

마르소는 모포를 눈까지 뒤집어쓰고 방금 비올론이 한 말을 생각했다. 비올론은 조금도 기죽을 필요 없고, 걱정할 필요도 없다고 말했다. 하지만 마르소는 걱정이 되었다.

홍당무는 마르소를 지켜보다 지쳐서 잠이 들었다.

다음 날 아침, 모두가 세면실에 모여서 씻고 있을 때였다. 홍당무는 심술궂은 눈초리로 마르소를 쳐다보았다. 마르소에 대한 증오가 주체할 수 없이 맹렬하게 불타올랐다.

홍당무는 참지 못하고 마르소를 향해 욕을 퍼부었다.

"이 계집애 같은 녀석아, 이 변태야."

그 말을 직접 들은 마르소의 뺨이 붉어졌다.

"실장도 말했잖아. 넌 지금 오해를 하고 있어. 너만 그렇게 생각하고 있는 거야."

그때 비올론이 세면실에 들어왔다. 손을 깨끗이 씻었는지 검사하기 위해서 온 것이었다. 아이들은 두 줄로 나란히 서서 손등과 손바닥을 차례로 보여주었다. 그 즈음엔 거의 손 검사를 하지 않았는데, 그날 아침엔 무슨 일인지 모르겠다.

비올론이 홍당무 앞에 섰다. 홍당무는 잠자코 손을 내밀었다.

"더럽군. 다시 씻어."

과연 홍당무의 손에는 때가 얼룩처럼 묻어 있었다.

홍당무는 그것이 동상에 걸린 자국이라고 우겨댔다. 실장의 명령을 그대로 따르기가 싫었던 것이다.

비올론은 홍당무에게 사감한테 가서 그대로 말해 보라고 명령했다.

사감은 아침 일찍 일어나서 역사 수업 준비를 하고 있었다. 짙은 녹색 고무판이 깔린 책상 위에 커다란 옛날 지도를 펼쳐 놓고, 중요한 부분에 표시를 해가면서 무슨 말인가를 끊임없이 중얼중얼거렸다.

홍당무는 조용히 사감 앞으로 갔다.

"무슨 일이지?"

사감은 거센 말투로 물었다. 홍당무는 모자를 가랑이 사이에 끼워 넣고 말했다.

"선생님, 실장이 손이 더럽다면서 사감실로 가라고 해서 왔습니다. 하지만 제 손은 더럽지 않습니다."

홍당무는 사감에게 손등과 손바닥을 보였다.

"그래, 너는 그 손이 더럽지 않다는 거냐? 근신 4일을 명한다. 알겠냐?"

"선생님, 저는 실장에게 부당하게 미움을 받고 있습니다."

"뭐? 교활한 녀석이로군. 근신 8일을 명한다. 알겠나?"

홍당무는 사감에 대해서 잘 알고 있었다. 이런 사소한 일로는 눈 하나 깜짝하지 않을 사람이었다. 하지만 홍당무는 무슨 일이든지 올 테면 와보라는 마음이었다.

홍당무는 꼿꼿이 서서, 주먹이 날아올 것을 예상하면서도 거침없이 말했다. 사감은 때때로 말을 듣지 않는 학생들에게 주먹을 휘두르곤 했다. 그 순간 얻어맞지 않으려면 적당한 때에 몸을 살짝 구부려야 했다. 그러면 허공을 치게 된 사감이 순간적으로 비틀거렸다. 그 모습을 보고 다른 아이들이 웃음을 터트리면 다시 주먹을 들지는 않았다.

하지만 홍당무는 그런 비겁한 짓을 하고 싶지 않았다. 그건 자존심 문제였다. 홍당무는 각오를 단단히 하고 대담하게 말했다.

"선생님……. 실장과 마르소가 이상한 사이입니다."

"뭐라고?"

사감은 갑자기 눈에 벌레라도 들어간 것처럼 눈을 크게 떴다. 그리고 책상 양 끝을 짚고 엉거주춤 일어나서 쥐어짜는 듯한 목소리로 말했다.

"이상하다고? 어떻게 이상하단 말이지?"

홍당무는 사감의 반응이 예상과 달라 당황했다. 불같이 화를 내며 주먹을 휘두를 거라고 생각했는데, 뜻밖에도 자세한 내용을 알고 싶어 한 것이다.

그날 간단한 조사가 있었고, 비올론은 기숙사에서 쫓겨나게 되었다. 그가 떠나는 날 학생들은 마치 우울한 의식이라도 치르는 듯한 분위기 속에서 비통해 했다.

"곧 돌아올 거야. 잠깐 쉬는 것뿐이야."

그러나 그 말을 믿을 학생은 아무도 없었다.

비올론은 기숙사의 모든 학생들에게 인기가 있었다. 공책 표지에 제목을 쓰는 기술은 누구도 비올론을 따르지 못했다. 균형이 잘 잡힌 그의 글씨는 간판 글씨보다 아름답고 훌륭했다. 글씨를 다 쓴 뒤 비올론은 초록색 보석 반지를 낀 아름다운 손으로 자신의 사인까지 멋지게 해주었다.

비올론의 모습이 운동장에 나타났다. 마침 쉬는 시간이었다. 아이들이 몰려와서 비올론을 빙 둘러쌌다. 비올론은 아이들 하나하나와 이별의 악수를 나누었다.

마르소는 새빨개진 얼굴로 불안하게 서 있었다. 마르소로서는 태어나서 처음으로 맛보는 절망이었다.

비올론은 아무 말 없이 마르소에게 다가갔다. 그런데 그때 와

장창, 유리창 깨지는 소리가 들려왔다. 모두들 깜짝 놀라며 소리가 난 쪽을 쳐다보았다. 근신실의 깨진 유리창 사이로 못생기고 더러운 홍당무의 얼굴이 보였다. 홍당무는 우리에 갇힌 사나운 짐승처럼 이를 갈며 으르렁거렸다. 주먹은 피투성이가 되어 있었다.

"이 얼간이 꼬마 녀석아, 이제 속이 시원하냐?"

비올론이 소리쳤다.

"흥!"

홍당무는 미친 듯이 날뛰며 또 한 장의 유리창을 깨뜨렸다.

"왜 마르소에겐 키스해 주고, 나한테는 안 해 줬어요? 왜 그랬어요? 마르소의 뺨만 붉어지는 게 아니라고요. 내 뺨도 이렇게 붉어질 수 있단 말이에요."

홍당무는 상처 난 손에서 흘러나온 붉은 피를 뺨에다 문지르며 미친 듯이 울부짖었다.

# 이 잡기

펠릭스와 홍당무가 기숙사에서 집으로 돌아오면 르픽 부인은 두 아이의 발부터 씻겼다. 기숙사에 있는 3개월 동안 발을 씻지 않았기 때문이다. 기숙사에는 발을 씻어야 한다는 규칙이 없었다.

"홍당무, 네 발은 말도 못하게 더럽겠지?"

르픽 부인의 말대로 홍당무의 발은 언제나 펠릭스의 발보다 더러웠다. 두 사람이 똑같은 기숙사에서 똑같은 제도 아래 똑같은 공기를 마시며 지냈는데, 홍당무의 발은 유난히 더럽다. 물론 펠릭스의 발도 그리 깨끗하지는 않았다.

이미 펠릭스가 발을 담그고 있는 양동이에 홍당무도 시커먼 발을 담갔다. 그러자 금세 더러운 때가 검정 물감을 풀어놓은 것처럼 번졌다.

르픽 씨는 창가를 왔다 갔다 하면서 뭔가를 들여다보고 있었다. 아이들이 가지고 온 성적표였다. 르픽 씨는 특히 교장 선생님의 소견을 유심히 읽었다.

펠릭스에 관해서는, 이렇게 적혀 있었다.

'부주의하지만 영리함. 노력하면 우등생이 될 희망이 보임.'

홍당무에 대해서는 이렇게 적혀 있었다.

'마음만 먹으면 우수한 성적을 받을 수 있으나, 그런 마음을 먹지 않는 듯함.'

르픽 씨는 아이들의 성적에 대해 굳게 입을 다물고 아무 말도 하지 않았다. 르픽 씨는 잔정을 나타내는 사람이 아니었다. 그렇다고 아이들에게 아무런 관심이 없는 것도 아니었다.

오랜만에 홍당무를 만난 기쁨도 그저 장난으로 표현하곤 했다. 주변을 서성이다가 홍당무의 귀를 슬쩍 잡아당기기도 하고 팔꿈치로 툭툭 치기도 했다. 그때마다 홍당무는 기다렸다는 듯 소리 없이 씩 웃어주었다.

르픽 씨는 덥수룩한 홍당무의 머리카락 속에 손을 집어넣었다. 이를 잡아 손톱으로 꾹꾹 누르는 장난을 좋아 했다. 그런데 정말로 이를 잡은 것이다.

"우아, 정말 대단한 솜씨야. 이를 잡았어."

르픽 씨가 흥분해서 말했다. 그러자 옆에서 르픽 부인이 화가 나서 외쳤다.

"내 그럴 줄 알았다. 에르네스틴, 빨리 대야를 가져오너라. 할 일이 생겼구나."

에르네스틴은 대야와 살이 촘촘한 머리빗, 그리고 식초병을 들고 왔다.

"내 머리부터 빗겨봐. 저 녀석이 틀림없이 내 머리에도 이를 옮겼을 거야."

펠릭스가 머리를 긁어대며 말했다. 에르네스틴은 먼저 펠릭스의 목에 수건을 두르고 정성을 다하여 빗질을 했다.

"다 끝났다, 펠릭스. 일곱, 여덟 마리 정도 나왔네. 그럼, 이제 홍당무는 몇 마리나 나올지 해볼까? 펠릭스 네가 세어봐라."

홍당무의 머리에서는 단 한 번의 빗질로 펠릭스보다 많이 나왔다. 빗질을 할 때마다 마치 개미집을 건드린 것처럼 이들이 우수수 떨어져 나왔다.

에르네스틴은 팔에 더욱 힘을 주어 빗질을 했다. 르픽 부인이 어이없다는 듯 한숨을 쉬며 중얼거렸다.

"참빗 갖고는 어림도 없구나. 차라리 갈퀴가 낫겠어."

펠릭스는 쭈그리고 앉아서 대야를 흔들며 이를 받아냈다. 이

들은 바둥거리다가 독한 식초를 붓자 이내 죽었다.

"홍당무야, 도대체 네 속을 모르겠구나. 중학생이 되었는데 부끄럽지도 않니? 발은 더럽다 치고, 도대체 머리에 이가 득실거리고 있는데 아무렇지도 않았니? 곳곳에 피까지 배어 있구나. 쯧쯧! 선생님께 봐 달라고 말도 안 하고, 집에 와서도 아무 말 하지 않으면 어쩌니? 애, 말 좀 해 봐. 왜 잠자코 있었지?"

르픽 부인은 혀를 끌끌 차며 말했다.

"누나가 빗질을 너무 세게 해서 피가 나왔잖아."

홍당무가 르픽 부인의 말에는 대답하지 않고 오히려 에르네스틴에게 짜증을 내며 말했다. 그러자 르픽 부인이 소리쳤다.

"뭐라고? 그게 지금 누나한테 할 말이니? 에르네스틴, 홍당무가 불만인 모양인데, 이제 그만 끝내라. 일부러 이한테 물어뜯기고 있는 모양이니."

"그래요, 엄마. 오늘은 이것으로 끝낼게요. 아주 큰 놈은 다 잡은 것 같아요. 내일 다시 한 번 빗어보죠. 그래도 안 되면 살충제라도 뿌려야겠어요."

"자아, 홍당무. 이 대야를 뒤뜰 담장 뒤에 갖다 둬라. 이웃 사람들이 몰려와서 구경하면 재미있지 않겠니?"

르픽 부인이 말했다. 홍당무는 대야를 들고 밖으로 나갔다. 햇볕이 내리쬐는 곳에 대야를 내려놓고 쭈그리고 앉아서 지켜보았다. 옆집에 사는 마리 할머니가 지나가다가 홍당무를 발견했다.

"그게 뭐냐?"

홍당무는 어느 누구에게도 대답하고 싶지 않았다. 눈이 나쁜 마리 할머니는 더 가까이 와서 대야를 들여다보았다.

"이게 뭣인고? 팥인가? 에이, 눈이 어두워서 뭐가 보여야지. 우리 아들 피에르가 안경이라도 사다주면 좋으련만."

할머니는 대야에 있는 물을 손가락으로 휘저어 보았다. 손으로 죽은 이를 하나 집어 입에 넣으려다가 그만두고 홍당무에게 물었다.

"그런데 너는 여기서 무얼 하고 있는 게냐? 입을 쭉 내밀고 앉아서……. 오라, 야단을 맞은 게로구나. 그래서 지금 벌을 받고 있는 거지? 내가 네 할머니는 아니다만, 그래도 불쌍해서 못 보겠구나. 네 가족들은 너를 너무 괴롭히는 것 같아."

홍당무는 이 말을 엄마가 들었을까 봐 겁이 나서 집 쪽을 휙 돌아다보았다. 그리고 할머니에게 대꾸했다.

"그래서 어쨌다는 거예요? 할머니하고 나하고 무슨 상관이죠? 할머니는 할머니 일이나 걱정하세요. 제 일은 상관하지 마시구요."

홍당무는 아무 잘못도 없는 할머니에게 짜증을 내고 말았다.

# 부루투스의 말

홍당무의 이를 잡고, 저녁이 되어야 조용히 성적 이야기를 꺼냈다.

"홍당무야, 지난 학기에는 공부를 열심히 하지 않았니? 성적표에 '마음만 먹으면 우수한 성적을 받을 수 있으나, 그런 마음을 먹지 않는 듯함'이라고 적혀 있더구나. 너는 쓸데없는 공상을 너무 많이 하는 것 같구나. 금지된 책만 읽는 것도 문제야. 그나마 암기력이 좋아서 시험 점수가 잘 나와도, 숙제를 게을리해서 성적이 늘 그 모양이었잖니. 어때? 이제부터라도 좀더 진지하게 공부해 보는 게 어떻겠니?"

"알았어요. 사실 지난 학기에는 게으름을 좀 피웠어요. 하지만 다음 학기엔 분발해서 열심히 할게요. 그래도 전 과목 일등은 좀 어려워요."

"그렇겠지. 하지만 모든 과목을 잘 하겠다는 마음으로 분발하려무나."

"아버지는 저한테 바라는 게 너무 많아요. 하지만 지리나 독일어, 물리, 화학은 저도 어쩔 수가 없어요. 아주 뛰어난 녀석이 두세 명 있거든요. 그 녀석들은 다른 과목은 전혀 신경 쓰지 않고 그 과목들만 열심히 해요. 그 과목들에서는 도저히 그 녀석들을 좇아갈 수 없어요. 하지만 아버지. 저는요, 국어와 작문이라면 확실하게 일등 할 자신이 있어요. 만에 하나 일등을 못한다 해도 어쩔 수 없지만, 적어도 후회는 안 할 수 있도록 할게요. 저는 부루투스처럼 자랑스럽게 외치고 싶어요. '오오, 미덕이여! 그대는 단지 이름에 지나지 않는다.'라고 말예요."

"그래, 나는 너를 믿는다."

아버지의 대답이 끝나자, 르픽 부인과 에르네스틴, 펠릭스가 방으로 들어왔다.

"아버지, 저 녀석이 방금 뭐라고 했어요?"

펠릭스가 르픽 씨에게 물었다.

"저도 못 들었어요, 아버지."

에르네스틴이 말했다.

"홍당무야, 나도 못 들었구나. 다시 한 번 말해 봐라."

르픽 부인이 말했다.

"으응, 아무 말도 안 했어요."

"뭐, 아무 말도 안 해? 얼굴이 빨개져서는 주먹까지 치켜들고 아주 큰 소리로 외치지 않았니? 자, 다시 한 번 해보란 말이야."

"엄마, 아니에요."

홍당무는 르픽 부인 앞에서 다시 한 번 하고 싶지 않았다. 르픽 부인은 다른 질문을 했다.

"어쨌든 좋다. 그런데 그게 누구 말이라고?"

"엄마가 모르는 사람이에요."

"그러니까 더 듣고 싶잖니? 자, 나를 위해서 다시 한 번만 읊어 봐라."

"그렇다면 말씀드리지요. 사실 아버지가 저에게 여러 가지 고마운 충고를 해주셔서 보답을 하려고…… 부루투스라는 로마인처럼……."

"아니, 웬 횡설수설이냐? 아까 그 말을 똑같이 해보라니까. 그 정도도 못 해 주니?"

"제가 해볼까요?"

옆에서 펠릭스가 끼어들었다.

"아니, 너는 홍당무가 먼저 하고 나면 하도록 해라. 둘이 하는 것을 비교해 줄게. 홍당무야, 빨래 해봐라."

홍당무는 자꾸 재촉을 받자, 울먹이며 떠듬떠듬 말했다. 르픽 부인 앞에서는 제대로 나오지 않았다.

"오오, 미, 미 미덕이여……. 그, 그대는 ……단지, 이름에 지나지 않는다."

"정말 어쩔 수 없구나. 똑바로 하지 못하겠니? 하기 싫어서 눈물까지 보일 건 뭐니? 너라는 애는 나를 위해서 뭔가를 하느니, 차라리 맞는 편이 낫다고 생각하는 모양이지?"

르픽 부인은 기분이 상했다.

"어머니, 저 녀석이 이렇게 말했어요."

펠릭스는 홍당무를 노려보면서 과장된 몸짓으로 똑같이 흉내를 냈다.

"만약 제가 국어 작문에서 일등을 하지 못한다면 저는 저 부루투스처럼 외칠 것입니다. '오오 미덕이여, 그대는……'이라고 말하고는 팔을 털썩 내렸어요. 이렇게요."

"펠릭스, 잘했다. 잘했어! 하지만 네가 한 흉내는 진짜하고 달라. 홍당무가 하는 것을 똑바로 보지 못해서 유감이구나."

르픽 부인이 말했다. 펠릭스가 홍당무를 바라보며 물었다.

"그런데 홍당무, 그 말이 정말로 부루투스가 한 말이니? 괴테가 한 말 아냐?"

"아니에요. 분명히 부루투스가 한 말이 맞아요. 그는 친구가 내민 칼에 스스로 찔려 죽었어요."

홍당무는 그 대답만큼은 자신 있게 할 수 있었다.

"홍당무 말이 맞아. 부루투스는 황금을 지팡이 속에 감추고 미친 사람 흉내를 낸 거예요."

다행히도 에르네스틴이 옆에서 거들어 주었다. 그런데 홍당무는 누나의 말이 끝나기가 무섭게 곧바로 대답했다.

"아니야, 누나. 내가 말하는 부루투스와 누나가 말하는 부루투스는 완전히 다른 사람이야."

"그래? 하지만 우리 선생님이 너희 선생님보다 뒤떨어질 리가 없잖아."


그러자 르픽 부인이 비꼬는 투로 말했다.

"그런 건 아무래도 좋으니 그만 싸워라. 그보다도 중요한 건 우리 집안에 브루투스가 한 사람 생겼다는 사실 아니겠니? 홍당무 덕분에 우리들도 어깨를 펴고 다닐 수 있겠구나. 지금까지 그런 명예를 모르고 지냈다니, 참으로 한심한 일이지 뭐냐. 이제부터 새로운 부루투스를 우러러 받들자꾸나. 자아, 모두 잘보거라. 저 부루투스의 꼬락서니를. 오늘 갈아입은 옷에는 벌써 얼룩이 묻었고, 바지는 찢어졌고. 오오, 하느님! 저 녀석은 또 어디에 있다가 왔길래 저 모양일까요? 위대한 부루투스가 참 더럽기도 하시지요."

# 아빠와 홍당무가 주고받은 편지

아빠!

방학 동안에 아빠와 낚시 다닌 것을 생각하면 지금도 마음이 설렙니다. 그런데 좋지 않은 소식을 하나 알려드릴게요. 넓적다리에 종기가 났어요. 그래서 침대에 누워 있었습니다. 누워 있으면 간호사 아줌마가 매일 와서 찜질을 해줍니다.

종기가 터지지 않아서 아파요. 종기가 터지고 아픈 것이 없어질 듯하면 어미 닭이 병아리를 까듯 다시 여러 개가 생겨나곤 해요. 하나가 나으면 세 개가 돋는답니다. 하지만 괜찮아질 거라고 믿어요. 그리 대단한 일은 아니니 너무 걱정하지 마세요.

아들 홍당무 올림

사랑하는 홍당무에게

너는 교리 문답(가톨릭의 가르침을 묻고 대답하는 것) 공부를 했으니, 인류가 못 때문에 당한 고통에 대해서 잘 알고 있겠구나. 예수 그리스도께서는 십자가에 못 박혀 돌아가셨잖니? 그러나 조금도 불평을 하진 않으셨단다. 그 못이 진짜 못이었던 것은 알지? 기운을 내거라.

아빠가


아빠!

오늘은 기쁜 소식 하나 알려드릴게요. 이가 새로 하나 났어요. 제 나이에 생각하면 좀 이른 감이 있지만 이것은 분명히 사랑니입니다. 제발 한 개만으로 그치지 않기를 바라고 있습니다.

저는 항상 착한 행동과 좋은 성적으로 아빠를 만족시켜 드리려고 노력하고 있습니다. 그래서 아빠를 기쁘게 해 드리고 싶습니다.

아들 홍당무 올림


사랑하는 홍당무야!

너에게 새 이가 나올 무렵에 이 아버지의 이가 하나 흔들리기 시작했단다. 그리고 어제 아침에 마침내 빠져 버렸단다. 네 이가 하나 늘고 내 이가 하나 줄었으니, 우리 가족의 이빨 수에는 아무 변화가 없는 셈이다.

아빠가


아빠!

상상 좀 해보세요. 어제는 라틴어 선생님인 잭 선생님의 생신이었습니다. 학급회의 결과 제가 대표로 축하 말씀을 드리기로 결정되었습니다. 영광스러운 일이지요. 그래서 저는 군데군데 라틴어 격언을 인용한 상당히 긴 연설 원고까지 만들었답니다. 마침내 라틴어 시간이 되었습니다.

"빨리 해. 빨리 해."

친구들이 빨리 하라고 성화였습니다. 저는 잭 선생님이 제 쪽을 바라보지 않을 때를 틈타 재빨리 교단으로 나갔습니다. 그리고 제가 원고를 펼쳐서 큰 소리로 말했습니다.

"존경하는 선생님께."

순간 잭 선생님이 벌컥 화를 내셨습니다.

"빨리 네 자리로 돌아가지 못해!"

저는 정신없이 도망쳐서 제자리로 돌아왔습니다. 친구들은 책으로 얼굴을 가리고 킥킥 웃고 있더군요. 잭 선생님은 화난 목소리로 제 이름을 부르셨습니다.

"홍당무, 연습 문제 해석해 봐."

아버지, 이 일을 어떻게 생각하시는지요? 정말 너무하지요?

아들 홍당무 올림


내 아들 홍당무에게

네가 어른이 되어 국회의원이라도 된다면 알게 될 텐데, 세상에는 각자 자기에게 맡겨진 역할이 있는 법이란다.

선생님은 네 연설을 듣기 위해서 교단에 선 게 아니란다. 자신의 연설을 들려주기 위해서 교단에 서는 거란다. 네가 잘못했다는 점을 명심하기 바란다.

아빠가


사랑하는 아빠께

보내주신 토끼는 루그리 선생님께 잘 갖다 드렸습니다. 선생님은 아주 기뻐하시며 아버지께 감사 인사를 전해 달라고 하셨습니다.

제가 물이 뚝뚝 떨어지는 우산을 들고 그 집에 들어서자, 선생님은 제 손에서 우산을 빼앗듯이 받아 현관에 갖다 두었지요.

선생님 집에 들어가서 많은 이야기를 나누었습니다. 선생님은 제가 마음먹고 열심히 공부한다면 적어도 지리와 역사 과목에서는 우수상을 받을 수 있다고 말씀하셨습니다.

그런데 아버지, 믿지 않으실지도 모를 텐데요. 저는 이야기하는 동안 줄곧 서 있었답니다. 루그리 선생님이 저에게 끝까지 의자에 앉으라는 말을 하지 않았어요. 선생님이 잊으신 걸까요? 아니면 원래 그런 예의를 모르시는 걸까요?

저로서는 알 수가 없습니다. 이 점 말고는 매우 친절하셨어요. 아버지의 의견은 어떤지 듣고 싶습니다.

아들 홍당무 올림


사랑하는 홍당무에게

너는 변함없이 불평과 불만이 많구나. 지난번에는 잭 선생님이 자리에 앉으라고 한 것이 불만이더니, 이번에는 루그리 선생님이 서 있게 했다고 불만이로구나. 도대체 언제쯤이면 너에게 이해심이 생길지 모르겠구나. 너는 어른 대접 받기에는 아직 너무 어린가 보다. 그래서 루그리 선생님이 너에게 의자를 권하지 않은 거라고 생각하고 그분을 이해해라.

아마도 루그리 선생님은 네 키가 작아서 벌써 자리에 앉은 걸로 착각하신 것 같구나. 그러니 선생님의 예의에 대해서 이러쿵저러쿵 떠들지 않기를 바란다.

아버지가


아빠!

아빠, 또 파리에 가신다고요? 저도 따라가고 싶지만 그럴 수 없는 것을 잘 압니다. 중학교 공부 때문에 여행을 갈 수 없네요. 그냥 마음만 아버지와 함께 가겠습니다. 먼저 부탁 하나가 있습니다. 파리에서 책 한두 권 사다주실 수 있으세요? 지금 가지고 있는 책은 전부 외워 버렸거든요.

어떤 책이든지 상관없습니다. 하지만 프랑소와 마리 아르웨이 드 볼테르의 〈라 앙리아드〉와 장 자크 루소의 〈아 누벨르 엘로이즈〉라면 더할 나위 없이 좋겠습니다.

예전부터 가지고 싶었던 책입니다. 참고로 파리에서는 책값이 싸다고 합니다. 이 책들은 금지된 것이 아니어서 사감 선생님께 빼앗기는 일도 절대로 없을 겁니다.

아들 홍당무 올림


사랑하는 홍당무야!

네가 편지에 쓴 두 작가도 우리와 똑같은 인간이란다. 그 사람들이 할 수 있는 일이라면 너도 할 수 있을 것이다. 열심히 공부해서 너도 책을 쓰도록 해라. 너는 국어와 작문을 자신 있어 하지 않니? 네가 쓴 책을 읽는 것이 더 좋지 않겠느냐?

더욱 열심히 공부해서 이 다음에는 그랬으면 좋겠구나.

아버지가


사랑하는 홍당무야!

오늘 네 편지를 보고 깜짝 놀랐단다. 몇 번이나 읽어보았지만 역시 알 수가 없구나. 문장도 평상시와 다르고, 내용도 이상했다. 과연 이 편지가 너한테서 온 것인지 의심스럽구나. 보통 너는 나에게 자질구레한 이야기를 알려주었잖니?

그런데 오늘의 편지는 정말 모르겠구나. 지금은 분명 겨울인데, 어째서 봄의 나들이에 대해 썼느냐? 도대체 하고 싶은 말이 무엇이냐? 새 목도리라도 사 달라는 게냐? 게다가 편지 쓴 날짜

도 없고 수신인의 이름도 없으니, 이 편지를 도대체 누구한테
보낸 건지도 알 수 없구나. 내게 보낸 거냐? 아니면 강아지에게
보낸 거냐?

하여간 글씨체, 맞춤법 무엇 하나 이상하지 않은 게 없어서
나는 너무나 당황스러웠다. 혹시 나를 놀리려고 이런 걸 보낸
건 아니겠지?

나는 이런 사소한 일로 너를 야단치고 싶지는 않다. 하지만
주의는 주어야겠다고 생각해서 편지를 쓰는 거란다. 몸 건강히
잘 지내길 바란다.

아버지가



아빠!

제가 지난번에 보낸 편지에 대해서 급히 말씀드립니다. 아버
지께서는 그 편지가 '시'라는 것을 미처 알아보지 못하신 것 같
습니다.

저는 시를 쓴 것입니다. 이해해 주시기 바랍니다.

아들 홍당무 올림

# 헛간의 좋은 점

헛간은 원래 닭, 토끼, 돼지 같은 가축들을 키우는 곳이었다. 그런데 그 무렵에는 비어 있었다. 그래서 여름방학 동안 홍당무의 좋은 놀이터가 되었다.

헛간 바닥에는 키가 큰 쐐기풀들이 무성하게 자랐다. 그곳에 배를 깔고 누워 있으면, 마치 수풀 속에 누워 있는 것처럼 느껴질 정도였다. 바닥은 온통 먼지로 뒤덮였고, 벽은 습기로 눅눅했으며 여기저기 갈라졌다. 게다가 천장은 홍당무가 일어서면 붉은 머리털이 닿을 정도로 낮았다.

홍당무는 그 안에 있을 때가 제일 편안했다. 거기서는 이런저런 공상을 하는 것만으로도 즐거웠다.

홍당무가 가장 재미있어 한 일은 헛간의 네 귀퉁이에 엉덩이로 둥지를 만드는 일이었다. 둥지 위에 쭈그리고 앉아 눅눅한 벽에 등을 기대고 있으면 기분이 좋았다. 적어도 그곳에 있는 동안에는 그렇게 이 세상의 모든 자질구레한 일들을 잊어버릴 수 있었다.

공상을 하고 있는데 시끄러운 소리에 귀가 간지러웠다. 작은 날벌레 한 마리가 천장에 있는 거미줄에 걸려서 버둥거리며 윙윙 소릴 내고 있었다.

거미가 줄을 타고 내려왔다. 배가 빵처럼 하얗고 동그랬다. 거미는 잠깐 동안 불안한 듯 몸을 움츠렸다가 다시 내려왔다.

홍당무는 잠자코 기다렸다가, 거미가 벌레를 막 낚아채려는 순간에 벌떡 일어났다.

단지 그뿐이었다. 거미는 천장으로 올라갔고, 홍당무는 다시 쭈그리고 앉았다. 어쩐지 기분이 우울했다.

# 불쌍한 고양이

홍당무는 어디에선가 이런 이야기를 들었다.

'가재를 잡는 데는 죽은 고양이가 최고다.'

홍당무는 나이 먹고 병들어서 여기저기 털이 빠진 떠돌이 고양이 한 마리를 알고 있었다. 우유 한 접시를 들고 고양이를 헛간으로 유인했다. 그리고 접시를 헛간 구석에 놓고 고양이를 밀어 넣으며 말했다.

"늙은 고양이야, 배가 터지도록 실컷 먹어라."

홍당무는 고양이의 등을 쓰다듬으며 눈물을 글썽였다.

"너도 참 불쌍한 놈이구나."

고양이는 접시 바닥까지 깨끗이 핥아먹었다. 그리고 엎드려서 입맛을 다셨다.

"깨끗이 다 먹었구나. 더 주고 싶지만 더 이상은 우유를 훔칠 수가 없어. 그랬다가 난 엄마에게 쫓겨나고 말 거야. 어쩔 수가 없구나."

홍당무는 순간 벽에 걸려 있는 엽총을 들어 고양이의 이마에 겨누어 보았다. 그리고 눈을 질끈 감고 방아쇠를 당겼다. 총소리가 생각보다 엄청나게 컸다. 홍당무는 헛간도 함께 날아가는 줄 알았다.

조금 뒤에 정신을 차려 보니 발 밑에 고양이가 쓰러져 있었다. 한쪽 눈으로 홍당무를 쏘아보면서. 접시 위로 시뻘건 피가 흐르고 있었다.

'아직 안 죽었나? 잘못 겨냥한 건가?'

홍당무는 노랗게 빛나는 고양이의 한쪽 눈을 보면서 두려움을 느꼈다. 그런데 고양이가 몸을 파르르 떨고 있는 것이었다. 아직 죽지 않은 것이다. 피가 계속해서 접시 위로 흘러내렸다.

이런 일은 홍당무에겐 이미 익숙한 것이었다. 르픽 씨가 사냥해 온 짐승들을 수도 없이 죽여 보았기 때문이다.

이럴 때 어떻게 해야 하는지 너무도 잘 알고 있었다. 홍당무는 조심스럽게 고양이의 꼬리를 붙잡고 총대로 사정없이 목을 내리쳤다. 고양이는 미친 듯이 버둥거렸다. 그러나 울지는 않았다.

"고양이가 죽을 때에는 미친 듯이 운다고 누가 그랬어?"

홍당무는 초조했다. 시간이 너무 많이 걸렸기 때문이다. 엽총을 내던지고 양손으로 고양이를 안았다. 이를 악물고 목을 잡아 비틀었다. 홍당무는 너무 지쳐서 비틀거리다가 주저앉고 말았다.

홍당무는 어느새 침대에 누워서 자고 있었다. 그의 부모와 이웃 사람들에 의해 침대로 옮겨진 것이었다. 소식을 듣고 달려온 르픽 씨 부부는 놀라서 입을 다물지 못했다.

"세상에 그렇게 끔찍한 광경은 처음이었어요. 얘가 고양이를 어찌나 꽉 끌어안고 있는지 억지로 떼어내느라 얼마나 진땀을 흘렸는지 몰라요. 지금까지 나를 그렇게 안아준 적이 한 번도 없는 녀석이 말이에요."

르픽 부인이 이웃 사람들에게 사건을 설명했다. 그동안 홍당무는 깊은 잠에 빠져 있었다. 꿈 속에서 홍당무는 시냇가를 따라 걸어가고 있었다. 그물에 걸려 올라온 죽은 고양이가 달빛을 받아 번쩍였다. 하얀 안개가 유령처럼 피어났다.

홍당무는 전혀 겁내지 않고 태연하게 뒷짐을 지고 왔다 갔다 했다. 만약 시냇물 소리마저 들리지 않는다면 얼마나 조용할까를 생각해 보았다. 시냇물 소리가 자꾸 신경에 거슬렸다.

시냇물을 조용히 시키려는 듯 홍당무는 살며시 그물을 잡아

당겼다. 그러자 갈대밭 사이로 번들번들 빛나는 몸뚱어리를 한 껏 곧추세운 커다란 가재가 수도 없이 올라왔다. 홍당무의 목을 목표로 기어 올라온 가재들이 탁탁 소리를 내면서 커다란 집게 를 벌렸다.

# 어미 양과 새끼 양


처음에는 동그란 공이 튀고 있는 줄 알았다. 그런데 갑자기 그 동그란 것들이 뒤섞여 큰 소리로 울어댔다. 공 하나가 홍당무의 다리 사이로 뛰어들었다. 어쩐지 무서웠다.

또 하나가 천장의 들창으로 들어오는 햇빛 속으로 펄쩍 뛰어올랐다. 새끼 양이었다. 홍당무는 잠시나마 무서워했던 것이 좀 우스웠다. 조금 뒤 어둠에 익숙해지자 모든 것이 선명하게 보였다. 양들이 새끼를 낳는 시기였던 것이다.

농부 파졸은 매일 아침 양들을 세어 보는데, 그때마다 두세 마리가 늘어나 있었다. 새끼 양들은 나무토막 같은 네 다리를 부들부들 떨면서 어미 양들을 졸졸 따라다녔다.

한쪽에서 갓 태어난 새끼 양이 땅바닥을 기고 있었다. 아직 어미 양이 핥아주지 않아서 몸이 반지르르했다. 어미 양은 귀찮다는 듯이 새끼 양을 머리로 밀쳐냈다.

"나쁜 어미로군."

홍당무가 말했다.

"동물의 세계도 인간의 세계와 마찬가지일 뿐이야."

파졸이 말했다.

"유모에게라도 맡겨야겠어요. 다른 어미에게 말예요."

"그래, 하지만 그리 오래 가진 않을 거야. 어미와 새끼 사이에 금방 정이 생기거든."

"이런 어미 양에게도 모성애 같은 게 생겨요?"

홍당무가 물었다.

"물론이지. 지금은 새끼를 낳느라 아프고 지쳐서 잠깐 저러는 것뿐이야."

파졸이 대답했다.

"제 생각엔 아까 제가 얘기한 것처럼 다른 어미한테 맡기는 게 나을 거 같아요. 왜 잠시 동안만이라도 그렇게 하지 않으시는 거죠?"

"다른 어미들이 거절하기 때문이지."

여기저기서 어미 양들이 울어대며 젖 먹을 시간임을 알렸다.

홍당무의 귀에는 다 똑같은 소리로 들렸다. 하지만 새끼 양들은 우물쭈물하지도 않고, 단번에 자기 어미에게 달려가서 일제히 젖을 빨리 시작했다.

"여기서는 새끼를 훔치는 어미가 있을 수가 없지."

"이상해요. 새끼 양이 어미를 알아본다는 것이……. 코가 예민하기 때문일까요?"

홍당무는 시험 삼아서 새끼 양의 코를 틀어막아 보면 어떨까 생각했다.

양들의 울음소리는 어느 사이엔가 잦아들었다. 마른 풀을 씹어 먹는 소리 말고는 아무 소리도 들리지 않았다.

# 대부 아저씨

　르픽 부인은 때때로 홍당무가 대부(가톨릭에서 세례 때 정해주는 영적인 아버지)에게 놀러가서 하룻밤 정도 묵고 오는 것을 허락해 주었다. 홍당무의 대부는 낚시를 하거나 포도 농사를 지으며 혼자서 쓸쓸하게 살고 있는 성미가 까다로운 노인이었다. 그는 사람을 그다지 좋아하지 않았지만, 홍당무에게만은 잘 대해 주었다.

　홍당무가 대부의 집에 오자, 대부가 반갑게 맞이해 주었다.

　"왔구나, 꼬마야."

　"네, 대부님. 제 낚싯대도 준비해 놓으셨죠?"

　홍당무는 키스도 하지 않고 급하게 물었다.

"둘이서 하나면 충분해."

대부는 일부러 퉁명스럽게 대답했다. 그러나 헛간 안에는 낚싯대가 하나 더 준비되어 있었다. 대부는 늘 그런 식으로 농담을 했다. 그런 걸 알기에 홍당무는 별로 화를 내지 않았다.

대부는 홍당무를 위해 특별 요리를 했다. 큰 냄비에 강낭콩을 넣고 약한 불에 올려놓은 다음 베이컨을 넣고 끓였다.

식사를 한 뒤 두 사람은 낚시를 하러 나섰다. 대부는 강 기슭에 앉아서 능숙하게 낚싯줄을 풀고는 묵직한 돌로 낚싯대를 받쳐 놓았다.

"찌가 세 번 가라앉았다 뜨기 전에는 절대 낚싯대를 들어올려서는 안 된다."

대부가 홍당무에게 주의를 주었다.

"왜 하필 세 번이에요?"

"첫 번째 가라앉는 것은 아무것도 아니지. 물고기가 먹이를 한번 건드려본 것뿐이야. 두 번째가 진짜지. 물고기가 먹이를 삼킨 거야. 따라서 세 번째는 확실하게 물고기가 바늘에 걸린 거지. 이제 물고기들이 절대로 도망가지 못해. 그때 천천히 낚싯대를 들어 올리면 되는 거야."

"네에, 그렇군요."

홍당무는 머리를 끄덕이며 감탄했다. 태양이 머리 위로 떠오르자, 그들은 점심을 먹으러 오두막으로 돌아왔다. 그리고 맛있게 익힌 강낭콩을 배가 부를 때까지 먹었다.

"정말 맛있군. 나는 잘 익은 것을 좋아하지. 딱딱한 것을 먹느니, 차라리 곡괭이를 갉아먹는 편이 나을 거야."

"입에 넣자마자 살살 녹아요, 아저씨. 어머니가 만든 것도 나쁘지는 않지만, 이것보단 맛 없어요. 아마 크림을 너무 아껴서 그럴 거예요."

"그럴지도 모르지. 그런데 꼬마야, 네가 맛있게 먹는 걸 보니 정말 기쁘구나. 어머니 앞에서는 맘껏 먹기가 힘드니?"

"그게 말이에요. 밥 먹을 때마다 달라져요. 어머니가 배가 몹시 고플 땐 저도 배불리 먹을 수 있어요. 어머니는 당신이 먹는 만큼만 저한테 주시거든요. 그러니까 어머니가 별로 배가 안 고플 땐 저도 조금밖에 먹을 수 없어요."

"좀 더 달라고 말하면 되지 않니?"

"말하기가 쉽지 않아요. 아저씨, 그리고 사실 조금 모자란 듯한 것이 좋잖아요."

"나는 혼자 살아서 아이가 없다만, 내 아이가 있다면 무엇이든지 해줄 거다. 나는 도대체 네 어머니를 이해할 수가 없구나."

홍당무는 오히려 자신을 잘 이해해 주는 대부님께 감사했다.

두 사람의 그날 일과는 포도밭에서 끝났다. 홍당무는 대부가 곡괭이로 포도밭에 구덩이를 파는 동안 포도 덩굴 아래에 누워서 하늘을 보며 버드나무 새순을 씹었다. 대부님과 있을 때만큼은 아무 눈치도 보지 않고 마음 편히 있을 수 있어 행복했다.

# 샘에 빠졌던 기억

홍당무는 대부와 함께 지내는 것이 좋았지만 함께 자는 것은 결코 편하지 않았다. 오두막 안은 추웠고, 깃털 이불 안은 또 너무 더웠다. 깃털 이불은 대부 같은 노인에게는 따뜻해서 좋겠지만 홍당무 같은 어린아이에게는 너무 더웠다.

하지만 엄마의 잔소리를 듣지 않고 느긋하게 잘 수 있다는 사실 하나만으로도, 홍당무는 편안함을 느꼈다. 무엇과도 바꿀 수 없는 느낌이었다.

"어머니가 그렇게도 무섭니?"

대부가 다시 엄마에 대해 물었다.

"네, 하지만 어머니는 저를 전혀 무서워하지 않아요. 형은 어머니가 때리려고 하면 빗자루를 들고 맞서 싸워요. 그래서 형한 테는 어머니도 함부로 매를 못 들어요. 어머니는 그 이유를 그렇게 말씀하시죠. '펠릭스는 성격이 예민해서 때리면 안 돼. 홍당무는 괜찮지만.' 그럴 때마다 전 아무 대꾸도 할 수 없어요."

"너도 형처럼 빗자루를 들고 맞서보지 그랬니?"

"그렇게 할 수만 있다면 아무 문제가 없겠죠. 사실 펠릭스 형과 저는 힘이 비슷비슷해요. 그러니까 저도 형처럼 하면 얻어맞지 않을 수 있을 거예요."

"그러니까 그렇게 하라니까."

대부는 홍당무의 말을 듣고 답답한 마음이 들었다. 하지만 홍당무는 다시 답답하게 말을 했다.

"하지만 만약 제가 빗자루를 들고 서 있으면 어머니는 그것을 제가 드리는 회초릿감이라고 생각하실 거예요. 매정하게 제 손에서 빗자루를 빼앗아 가시면서 '고맙다'라고 말씀하시겠죠. 그리고는 저를 때리기 시작할 거예요. 정말 뻔한 얘기죠."

"바보 같은 녀석! 그만 잠이나 자거라."

대부는 화가 나서 돌아누웠다. 두 사람 다 좀처럼 잠들지 못하고 뒤척였다. 그러다가 홍당무가 깜박 잠이 들려는 순간, 대부가 갑자기 홍당무의 팔을 붙잡으며 외쳤다.

"꼬마야, 왜 거기 있니?"

대부가 눈을 번쩍 떴다.

"아, 꿈을 꾸었구나. 나는 네가 샘에 있는 줄 알았다. 기억하니? 저기 샘에 빠졌었잖니?"

"어떻게 잊을 수 있어요, 아저씨. 그 이야기는 벌써 열 번도 넘게 들은걸요."

"꼬마야, 나는 지금도 그 일을 생각하면 온몸이 떨린단다. 그때 나는 풀밭에 누워서 자고 있었는데, 네가 샘가에서 놀다가 미끄러져서 그만 샘에 빠지고 말았지. 너는 큰 소리로 울면서 발버둥쳤어. 나는 아무것도 모르고 계속 자고 있었고. 사실 그 샘은 고양이도 빠지지 않을 정도로 얕은 곳이었어. 그런데도 너는 일어나지 않고 계속 물을 먹고 있었던 거야. 재난은 거기서부터 시작되었지. 도대체 왜 일어날 생각을 못했니?"

"참, 아저씨도……. 제가 그때 무슨 생각으로 안 일어났는지, 아직까지 기억하고 있을 거 같아요?"

홍당무가 웃으며 말했다.

"나는 한참 후에야 네 소리를 듣고 샘가로 달려갔지. 불쌍한 녀석! 너는 펌프처럼 물을 토했단다. 얼른 젖은 옷을 벗기고 베르나르의 나들이옷으로 갈아입혔지."

"아, 기억나요. 그 옷은 너무 따끔거렸어요. 나중에 보니 온몸에 긁힌 자국이 생겼더라고요. 아마 말총으로 만든 옷이었나 봐요."

"베르나르는 너한테 빌려줄 만한 깨끗한 옷이 없었단다. 지금은 이렇게 웃으며 이야기하지만, 그때는 정말 위험했어. 1분 1초만 늦었어도 넌 죽었을 거야."

"그래서 저는 지금도 샘 근처에는 잘 가지 않아요."

"그 후로 나는 밤에도 푹 잠든 적이 없단다. 너를 제대로 돌보지 못해서 천벌을 받은 게 아닌가 싶다."

"글쎄요. 그렇다면 저는 그 천벌에게 불만이 좀 있어요. 아저씨, 전 지금 너무 졸려서요."

"그래, 자거라. 꼬마야."

"아저씨, 제가 잠들 때까지만 손을 좀 놓아주실래요? 잠이 들면 다시 빌려드릴게요. 그리고 발도 좀 치워주세요. 아저씨 발은 털이 너무 많아서 간지러워요. 저는 다른 사람의 살이 몸에 닿으면 잠들 수가 없어서요. 아저씨, 미안해요."

홍당무는 몸을 뒤척거리며 잠을 청했다. 그러나 잠은 이미 달아난 뒤였다.

# 자두나무

홍당무는 깜빡 잠이 들었다가 금세 깨어났다. 그리고 몸을 뒤척이고 있는데, 대부님이 다시 말을 걸었다.

"꼬마야, 깼니?"

"네."

"나도 잠이 오지 않는구나. 우리 차라리 일어나서 지렁이나 잡으러 갈까?"

"좋아요."

대부의 말에 홍당무는 눈이 번쩍 뜨였다. 두 사람은 침대에서 뛰어내려 옷을 입었다. 홍당무는 초롱불을, 대부는 진흙이 반쯤 든 깡통을 들고 뒤뜰로 나갔다. 낚싯밥으로 쓸 지렁이를 잡으러 가는 것이었다.

"지렁이를 밟지 않도록 주의해라. 그리고 천천히 걸어라. 지렁이란 놈은 소리도 금방 알아듣고 구멍 속으로 숨어 버린단다. 여간해선 잡기 힘들지. 그리고 잘린 지렁이는 놓아줘라. 품위 있는 물고기는 그런 지렁이 따위는 거들떠보지도 않거든. 낚시꾼 중에는 지렁이를 반으로 잘라서 쓰는 사람도 있기도 하지. 그러나 그건 좋지 않은 방법이야. 살아 있는 지렁이가 아니면 절대로 큰 고기를 낚지 못해. 물고기는 지렁이가 도망가는 것을 보고서야 안심하고 쫓아가서 덥석 문단 말이야."

"아저씨, 그런데 저는 지렁이를 잘 못 잡겠어요. 더러운 침 같은 게 끈적끈적 묻어나요."

홍당무가 투덜대면서 말했다.

"지렁이는 절대로 더럽지 않다. 지렁이는 세상에서 가장 깨끗한 동물이야. 흙을 먹고 살거든. 나는 지렁이를 먹을 수도 있을 것 같은걸."

"그럼, 제 것을 한 마리 드릴 테니까 한번 잡숴 보실래요. 아저씨?"

"그놈은 너무 커서 안 되겠다. 불에 구워서 샌드위치에 넣어 먹는다면 모를까. 하지만 그것보다 작은 놈은 산 채로 먹을 수 있어. 그래, 저기 자두에 붙어 있는 놈 정도면 좋겠군."

"후후, 그래서 우리 가족들이 아저씨를 싫어하는 거예요. 특히 엄마가 그래서 싫어하잖아요. 아저씨 생각하면 속이 메스꺼워진대요. 하지만 저는 아저씨가 나쁘다고 생각하지 않아요. 그리고 무엇보다 아저씨는 잔소리를 안 해서 좋아요. 우리는 정말 마음이 잘 맞아요."

홍당무는 자두나무 가지를 잡아당겨서 자두를 몇 개 땄다. 그리고 잘 익은 것은 자기가 갖고, 벌레 먹은 것은 대부에게 건네주었다. 대부는 그것을 씨도 빼지 않고 통째로 삼켜 버렸다.

"자두는 이렇게 먹는 게 제일 맛있지."

"저도 조금 더 크면 아저씨처럼 먹을 수 있을 거예요. 하지만 지금은 혹시 냄새가 날까 봐 걱정돼서 못 먹겠어요. 엄마가 키스 할 때 알아차리시면 어떡해요?"

"냄새 따위는 안 난단다."

대부는 이렇게 말하고 나서 홍당무의 얼굴에 대고 숨을 크게 내뿜었다.

"그러네요. 담배 냄새만 나는군요. 후유, 그런데 담배 냄새도 만만치 않게 지독하네요. 그래도 제가 아저씨를 좋아하는 건 아시죠? 아저씨가 담배를 피우지 않는다면 훨씬 더 좋아할 텐데……."

"미안하다, 꼬마야. 하지만 담배는 내 삶의 유일한 낙이란다.”

홍당무는 아저씨의 말을 듣고 다시 생각했다. 아저씨가 쓸쓸
해서 담배를 피우는 것 같아, 담배를 피워도 괜찮다는 마음이
들었다.

# 결혼식 놀이


에르네스틴이 숨을 헐떡이며 달려와서 르픽 부인에게 일러 바쳤다.

"저어, 어머니! 홍당무가……."

"홍당무가 목장에서 마틸드랑 신랑 신부 놀이를 하고 있어요. 펠릭스가 옷을 만들어 주었어요. 어머니께서 그런 놀이를 하면 안 된다고 하셨잖아요."

에르네스틴의 말대로 목장에선 마틸드가 하얀 덩굴 꽃으로 화려하게 꾸미고 서 있었다. 마틸드는 정말 화관을 쓴 신부처럼 보였다. 펠릭스는 자기가 꾸며놓은 신부를 바라보면서 말했다.

"이제 움직이면 안 돼. 홍당무, 이번에는 네 차례다."

이번에는 홍당무가 신랑 옷을 입을 차례였다. 신랑 옷 역시 하얀 꽃이 달린 야생 덩굴로 장식했다. 그리고 군데군데 양귀비꽃, 산사나무 열매, 노란 민들레꽃을 꽂았다. 신부와 구별하기 위해서였다.

세 사람 모두 진지하게 예식을 준비했다. 장례식 놀이건 신랑신부 놀이건 진지하지 않으면 하나도 재미가 없었다.

"자아, 둘이 손을 잡아."

펠릭스가 말했다.

"조용히 앞으로 걸어가."

두 사람은 발을 맞추어 앞으로 나갔다. 마틸드는 옷자락이 감기면 손가락으로 살짝 들어 올려 잡았다. 그러는 동안 홍당무는 한쪽 발을 든 채 정답게 기다리고 있었다.

펠릭스는 두 사람에게 목장을 한 바퀴 돌라고 했다. 자신이 주례가 되어 인사말을 하고, 성당의 신부님이 되어 축복의 기도를 올려주었다. 그리고 친구로서 축하의 말을 전했으며, 연주가가 되어 바이올린을 켜는 시늉까지 했다.

펠릭스는 두 사람을 이리저리 끌고 다녔다.

"멈춰, 화관이 삐뚤어졌어."

펠릭스가 신부의 화관을 손바닥으로 탁탁 쳤다.

"아프단 말이야."

마틸드가 얼굴을 찡그리며 소리쳤다. 야생 덩굴에 마틸드의 머리카락이 한 움큼 감겨 있었다. 펠릭스는 머리카락 있는 부분을 뜯어냈다. 행진은 다시 이어졌다.

"좋아, 이것으로 결혼식은 끝이다. 이제 둘이 키스해."

펠릭스가 큰 소리로 말했다. 두 사람은 멀뚱멀뚱 서 있기만 했다. 펠릭스가 다시 재촉했다.

"뭐해? 키스하라니까. 결혼식이 끝나면 키스하는 거잖아. 계속 그렇게 멍청하게 서 있기만 할 거야?"

펠릭스는 짜증을 내며 두 사람이 서툴다고 놀렸다. 시범을 보이듯, 자기가 먼저 마틸드의 뺨에 키스를 했다. 그걸 보고 홍당무도 그제야 용기를 내어 마틸드의 뺨에 키스를 했다.

"이건 나쁜 장난이 아니야. 나는 정말 너랑 결혼할 거니까."

키스하고 나서 홍당무가 겸연쩍어 하며 말했다. 그러자 마틸드도 홍당무의 주근깨투성이 뺨에 키스를 해주었다. 두 사람은 부끄러워하며 고개를 숙였다.

"얼굴이 빨개졌대요. 빨개졌대요."

정말로 두 사람은 귀 밑까지 빨개졌다. 펠릭스가 양손 집게손가락으로 뿔 모양을 해보이며 두 사람을 놀려댔다. 그리고 두 사람의 머리를 한 대씩 쥐어박으면서 그들의 입술에다가 진흙을 발라주었다. 그리고 도망가면서 말했다.

"바보 같은 놈! 정말로 신랑 신부가 된 줄 아는 모양이지?"

홍당무는 화가 나서 외쳤다.

"난 얼굴이 빨개지지 않았어. 비웃을 테면 얼마든지 비웃어 봐. 내가 마틸드와 결혼한다는데, 형이 무슨 상관이야? 엄마만 좋다고 하면 그만일 텐데, 뭐!"

그런데 바로 그때 대답이 들려왔다.

"그건 안 돼."

르픽 부인이 소리를 지르면서 달려오고 있었다. 그리고 그 뒤에서 고자질한 에르네스틴이 따라오고 있었다.

르픽 부인은 목장 울타리 곁을 지나면서 장미 가지를 하나 꺾어서 가시만 남겨두고 잎사귀는 모두 떼어 버렸다. 그리고 다시 태풍처럼 무서운 기세로 달려왔다.

"이런 큰일 났군. 저 가시에 찔리면 끝장이겠어."

펠릭스는 어느 새 목장 끝까지 달아나서 몸을 숨기고 몰래 엿보고 있었다. 하지만 홍당무는 도망칠 생각 따위는 하지 않았다. 이런 일은 겁이 나더라도 꾹 참고, 되도록 빨리 결말을 내는 것이 좋았다.

마틸드는 벌벌 떨면서 딸꾹질까지 하며 울었다.

"울지 마. 걱정하지 않아도 돼. 우리 엄마는 내가 잘 알아. 나만 혼내려는 거야. 나 혼자 혼나면 돼."

"알아. 하지만 너희 엄마는 분명히 우리 엄마한테 이를 거야. 그러면 난 엄마한테 매를 맞겠지?"

마틸드가 말했다.

"그건 단순히 매를 맞는다고 말하는 게 아니야. 버릇을 고쳐주시는 거지. 선생님이 여름방학 숙제를 고쳐주듯이 부모님은 우리들의 잘못된 점을 고쳐주시는 것뿐이야. 그런데 네 엄마도 네 버릇을 고쳐주시니?"

"응, 경우에 따라서 그렇지."

"나는 하루에도 몇 번씩 그래. 그러니까 울지 마."

"그런데 우린 아무 잘못도 하지 않았잖아."

"그래, 하지만 그건 중요한 게 아냐. 자, 조심해."

르픽 부인이 다가왔다. 에르네스틴은 적당히 떨어져서 구경을 하고 있었다. 홍당무는 신부를 보호하는 신랑처럼 마틸드의 앞을 막아 섰다. 그리고 르픽 부인을 맞이했다.

마틸드는 점점 더 큰 소리로 흐느껴 울었다. 신부의 머리에 장식했던 하얀 꽃들이 흐트러졌다.

르픽 부인이 회초리를 번쩍 쳐들어 후려치려고 했다.

홍당무는 새파랗게 질려 두 팔로 몸을 감싸고 목을 움츠렸다. 벌써 허리가 화끈거리고 종아리가 얼얼했다.

그러나 두려움에 얼굴이 파랗게 질린 채로 큰 소리로 악을 쓰며 외쳤다.

"우린 놀이를 한 것뿐이에요. 도대체 뭐가 잘못인가요?"

# 금고의 비밀 주문

다음날, 홍당무와 마틸드가 마주쳤다. 둘은 전날의 일에 대해 얘기했다. 먼저 마틸드가 얘기를 꺼냈다.

"어제 너희 엄마가 우리 엄마에게 이르러 오셨어. 덕분에 나는 실컷 얻어맞았지. 너는 어땠니?"

"글쎄, 난 벌써 다 잊어버렸어. 우리가 매 맞을 만큼 나쁜 짓을 한 건 아니잖아. 우린 매를 맞아야 하는 이유가 없었어."

"그래, 맞아! 우린 분명 나쁜 짓을 한 게 아니었어."

마틸드가 말했다.

"하지만 어제 너하고 결혼할 거라는 말은 장난으로 한 거 아니야. 너는?"

홍당무가 용기를 내어 말했다.

"나도 너랑 결혼하고 싶어."

마틸드가 대답했다. 홍당무는 다시 말했다.

"그런데 너희 집은 가난하고 우리 집은 부자여서 혹시 내가 너를 업신여기게 될지도 몰라. 물론 그러지 않으려고 노력하겠지만 말야."

"부자라고? 얼마나?"

마틸드가 눈을 동그랗게 뜨고 물었다.

"우리 부모님은 적어도 10만 프랑은 넘게 있을 거야."

"10만 프랑? 그게 얼마나 많은 건데?"

"아주 많은 돈이야. 억만 장자일 수도 있어. 억만 장자라는 말은 아무리 돈을 써도 다 쓸 수 없을 만큼 돈이 많은 사람이라는 뜻이거든."

"우리 아빠 엄마는 언제나 돈이 없다고 입버릇처럼 말씀하시는데……."

"그야 우리 아빠 엄마도 마찬가지야. 돈이 없는 척하려고 그렇게 푸념하는 것일 뿐이야. 혹시 다른 사람들이 질투라도 할까 봐 일부러 그러는 거야. 하지만 나는 우리 집이 부자라는 사실을 알고 있어.

매달 1일만 되면 아빠는 혼자 서재에 들어가서 금고 앞에서 주문을 외우시지. 그 주문은 엄마도 형도 누나도 아무도 몰라. 아빠하고 나만 알고 있지. 주문을 외우면 금고 문이 열려. 아빠는 금고에서 돈을 꺼내서 부엌의 식탁 위에 갖다 놓으시지.

아빠가 밖으로 나가시면 엄마는 바로 그 돈을 거두어들이시고. 매달 1일이면 언제나 똑같은 일이 되풀이돼. 벌써 몇 년쨀지 몰라. 금고 속에 얼마나 많은 돈이 들어 있는지 짐작할 수 있겠니?"

홍당무는 쉬지 않고 말했다.

"금고 문을 열려 할 때 너희 아빠는 무슨 말을 하시니?"

"그건 말해 줄 수 없어. 그리고 알아도 아무 소용없잖아. 언젠가 우리가 결혼하면 그때 말해 줄게. 하지만 그때에도 다른 사람에게는 절대로 말하지 않겠다고 약속을 해야만 가르쳐 줄 거야."

"지금 가르쳐 줘. 다른 사람에게 절대로 말하지 않겠다고 약속할게."

"안 돼. 아버지와 나만의 비밀이야."

"흥, 넌 사실 모르지? 괜히 아는 척하고 있는 거야."

"미안하지만, 나는 틀림없이 알고 있어."

"흥, 거짓말 마! 바보 같으니라고."

두 사람은 서로 지지 않으려고 우겨댔다. 홍당무가 뭔가 결심한 듯 엄숙한 얼굴로 말했다.

"좋아! 우리 내기할래?"

"무슨 내기?"

마틸드가 주저하면서 물었다.

"내가 하고 싶은 대로 널 쓰다듬게 해준다면 넌 그 말을 알게 될 거야."

마틸드는 홍당무의 얼굴을 빤히 쳐다보았다. 무슨 말인지 잘 못 알아들었다. 마틸드는 이제 궁금한 것이 하나가 아니라 둘이 되었다.

"홍당무, 먼저 그 주문이 뭔지 가르쳐 줘."

"그럼, 새끼손가락을 걸고 약속해. 가르쳐 주면 내가 원하는 곳을 만지게 해주겠다고."

"하지만 함부로 약속 같은 거 하면 안 되는데……. 우리 엄마가 아무 때나 약속하는 거 아니라고 했어."

"그럼, 가르쳐 줄 수 없어, 마틸드."

"가르쳐 주기 싫으면 관둬. 네 말은 이제부터 아무것도 듣지 않을 거니까."

마틸드가 토라지며 화를 내자, 홍당무는 조마조마한 마음에 서둘렀다.

"에이, 할 수 없군. 가르쳐 줄게. 하지만 다른 사람에게는 절대로 말하면 안 돼. 우리 아빠가 금고를 열 때 외치는 주문은 말이야. '이 얼빠진 놈아!'라는 거야. 자, 이제 만져봐도 되지?"

홍당무가 낮은 목소리로 말했다.

"얼빠진 놈아? 얼빠진 놈……? 근데 정말 이상한 주문이다."

마틸드는 한 가지 비밀을 겨우 알게 되어 기뻤다. 하지만 곧 그것이 적당히 둘러댄 말은 아닌가 하고 의심이 생겼다.

"정말이지? 나를 속이는 건 아닐 테지?"

홍당무는 대답을 하지 않은 채 두 팔을 벌리며 마틸드에게 다가갔다. 그러자 마틸드는 뛰어서 재빨리 달아났다. 홍당무의 귀에서 마틸드의 깔깔거리는 웃음소리가 계속 들렸다.

마틸드의 모습이 사라지자 뒤에서 갑자기 웃음소리가 들려왔다. 홍당무가 뒤를 돌아보니, 마구간 큰 저택의 하인이 얼굴을 내밀고 이를 드러내며 웃고 있었다.

"나는 다 봤어, 홍당무야. 네 어머니한테 일러줄 거다."

"장난이었어요. 설마 믿으시는 건 아니죠? '얼빠진 놈아'라는 말은 제가 그냥 적당히 만들어낸 말이라고요. 마틸드를 잡아두고 싶어서 그랬어요."

"'얼빠진 놈아' 따위는 아무래도 상관없다. 나는 다른 일을 말하려는 거란다."

"다른 일이라니요?"

"나이도 어린 놈이 제법이던데? 단단히 각오해야 할 거다. 오늘 밤엔 네 두 귀가 퉁퉁 부어오를 만큼 얻어맞을지도 모르니까."

홍당무는 뭐라고 변명할 말이 없었다. 양손을 주머니에 찔러넣고 붉은 머리털만큼이나 새빨개진 얼굴로 그 자리를 떠났다.

# 레미라는 친구

어느 날 홍당무는 마당 한복판에서 혼자 놀고 있었다. 르픽 부인이 부엌일을 하는 틈틈이 창으로 지켜보고 있었기 때문에 아주 얌전히 놀 수밖에 없었다.

그때 친구 레미가 바구니를 들고 나타났다. 레미는 한쪽 다리를 약간 저는 홍당무의 동갑내기이다. 그는 다리를 절면서도 뛰어다니고 싶어 한다. 하지만 달릴 때면 절름거리는 왼발이 오른발에 끌려와 제대로 따라가지 못했다.

레미는 바구니를 손에 들고 있었다.

"홍당무야, 우리 놀러 가자. 우리 아버지가 강에 그물을 치고 계셔. 우리 그걸 도와 드리고 나서 바구니로 올챙이나 잡자."

"우리 엄마한테 물어봐줄래?"

홍당무가 엄마의 눈치를 보며 말했다.

"내가 말하면 허락해 주시지 않을 게 뻔하거든."

그때 마침 르픽 부인이 또 창가에 나타났다.

"아주머니, 죄송하지만 홍당무랑 올챙이 잡으러 가도 될까요?"

레미는 창가를 향해 큰 소리로 말했다. 르픽 부인이 유리창에 귀를 갖다 댔다.

레미는 다시 한 번 큰 소리로 말했다. 르픽 부인은 그제야 알아듣고 대답했다.

하지만 홍당무와 레미에게는 무슨 소리인지 전혀 들리지 않았다.

둘은 얼굴을 마주보며 머뭇거렸다. 그러자 이번에는 르픽 부인이 머리를 절레절레 흔들었다. 가면 안 된다는 뜻이 분명했다.

"안 된다네. 심부름 시킬 게 있나 봐."

홍당무는 힘없이 말했다.

"할 수 없지 뭐. 아주 재미있을 텐데……."

레미는 실망한 듯 말했다.

"레미야, 그냥 여기서 나랑 같이 놀면 안 돼?"

"싫어. 올챙이 잡는 게 훨씬 재미있어. 날씨도 따뜻하고, 난

올챙이를 한 바구니 잡고 싶단 말이야."

"그럼, 잠깐 기다렸다 가면 안 되겠니? 우리 엄마는 항상 처음에는 안 된다고 하시거든. 조금만 있으면 생각이 바뀌실 거야."

"음. 그러면 15분 정도만 기다려 줄게. 그 이상은 안 돼."

홍당무와 레미는 양손을 주머니에 찔러 넣고 그 자리에 서서 현관 쪽을 힐끗힐끗 보았다.

잠시 후, 홍당무는 레미의 옆구리를 팔꿈치로 쿡쿡 찌르며 말했다.

"저것 봐. 내가 말한 그대로지?"

드디어 현관문이 열리고, 르픽 부인이 한 손에 바구니를 들고 층계를 걸어 나왔다.

르픽 부인이 말했다.

"아니, 레미야. 왜 여태 가지 않았니? 벌써 간 줄 알았는데⋯⋯. 여기서 빈둥거리고 있다고 네 아버지한테 일러바쳐야겠구나. 아버지가 야단칠 텐데."

"그게 아니라⋯⋯. 홍당무가 좀 기다려 달라고 해서⋯⋯. 아주머니 마음이 바뀌실 거라고⋯⋯."

"뭐라고? 홍당무야, 지금 레미가 한 말이 사실이니?"

홍당무는 어떻게 해야 좋을지 몰라서 아무 말도 하지 못했다.

멍청이 같은 레미 녀석이 일을 다 망쳐 버렸다.

홍당무는 이제 모든 것을 포기한 심정으로 발치에 있는 풀을 짓밟으면서 딴전을 피웠다.

"기다리면 된다고 생각했니? 나는 한 번 입 밖에 낸 말은 결코 취소하지 않아. 그걸 몰랐니?"

르픽 부인은 이렇게 말하고 다시 들어가 버렸다. 물론 바구니도 가지고 들어갔다. 그 바구니는 홍당무에게 주려고, 원래 들어 있던 호두를 다른 곳에 쏟아 놓고서 가져온 것이었다.

레미는 벌써 저만치 도망갔다. 르픽 부인은 농담을 하지 않는 사람이었으므로 다른 집 아이들이 무서워했다.

레미는 저쪽에 있는 냇물을 향해 달려갔다. 너무 빨리 달렸기 때문에 언제나 뒤처져 끌려가는 왼발이 먼지를 일으키며 춤추듯 했다.

홍당무는 멋지게 놀 기회를 놓쳐 버려 억울하다는 생각만 자꾸 들었다. 그래서 더 이상 놀고 싶은 기분이 들지 않았다. 다시는 레미와 어울리지 말아야겠다고 생각했다.

# 산책을 못 가는 이유

어느 날, 르픽 씨가 홍당무에게 같이 산책을 가자고 했다. 홍당무는 신이 나서 나갈 준비를 하고 있었다.

그때 르픽 부인이 나타나서 물었다.

"어딜 가니?"

"아빠와 함께 산책 가기로 했어요."

"안 돼. 가기만 해봐라. 지난번 잘못으로 넌 지금 벌을 받고 있는 걸 잊었니?"

르픽 부인은 금방이라도 때릴 듯이 오른손을 치켜들었다.

"알았어요."

홍당무는 거실의 벽시계 아래에 웅크리고 앉아 생각했다.

'어떻게 해야 하지? 엄마보다는 아빠 쪽이 덜 무서우니까…… 아빠한테는 미안하지만 할 수 없지.'

홍당무는 체념한 듯이 중얼거렸다. 르픽 씨는 홍당무를 내심 귀여워하고 있었지만 겉으로는 전혀 드러내지 않았다. 언제나 바쁜 일에 쫓기고 있었기 때문이다.

"자아, 가자."

외출 채비를 다 하고 나온 르픽 씨가 말했다.

"아빠, 저는 가지 않겠어요."

"뭐라고? 가지 않겠다고?"

르픽 씨가 물었다.

"가고는 싶어요. 하지만 안 돼요."

"그게 무슨 말이니? 그럼, 가기 싫은 이유라도 들어보자."

"이유는 없어요. 그냥 집에 있고 싶어서 그래요."

"그래? 또 그 변덕이냐? 바보 같은 놈! 가고 싶다고 했다가 금방 가기 싫다니……. 그래 네 마음대로 해라. 너의 변덕에 나도 지겹구나."

그때 옆에서 르픽 부인이 간드러진 목소리로 말했다.

"오, 홍당무! 불쌍하게도……."

그리고 홍당무의 머리카락을 쓰다듬었다. 아니, 쓰다듬는 척하지만 실은 쥐어뜯으며 말했다.

"눈에 눈물이 다 고였구나. 그래, 아버지가 싫다는 걸 억지로 끌고 가려고 하셨니? 나라면 절대 그런 지독한 짓은 하지 않겠어."

르픽 부인은 르픽 씨의 얼굴을 힐끗 보면서 말했다.

르픽 씨는 어이없어 하며 밖으로 나가 버렸다.

# 사냥터에서

르픽 씨는 사냥을 갈 때 펠릭스와 홍당무를 교대로 데리고 갔다. 이번에는 홍당무에게 가자고 했다. 사냥에서 잡은 것을 짊어지고 오는 것은 아이들의 몫이었다. 항상 르픽 씨의 오른쪽에 서서 따라다녀야 했다. 총부리를 피해야 하기 때문이다.

르픽 씨는 지치지도 않고 돌아다녔다. 홍당무는 아무 말 없이 열심히 따라다녔다. 힘이 들긴 했지만 아무런 불평을 할 수가 없었다. 발이 아파도 전혀 내색하지 않았다. 손이 마비될 것 같아도 참았다.

르픽 씨는 사냥에서 토끼 두 마리를 잡았다.

"이걸 농가에 맡기거나 풀숲에 두었다가 저녁에 가져가면 어떻겠니?"

르픽 씨가 홍당무에게 물었다.

"아니에요. 제가 가지고 다닐게요. 그게 더 좋겠어요."

홍당무가 대답했다. 그래서 홍당무는 하루 종일 토끼 두 마리
와 자고새 다섯 마리를 메고 다녔다. 홍당무는 어깨에 통증을
덜기 위해서 사냥 자루의 가죽 끈 아래에 손을 끼우거나 손수건
을 받쳤다.

그래도 어쩌다 누군가를 만나면 자랑스럽게 사냥 자루를 열
어 보일 수 있어서 기분이 좋았다. 그 순간만은 어깨의 통증도
잠시 잊을 수 있었다. 그러나 홍당무는 수확물이 없을 때는 짜
증이 났다.

"여기서 기다려라. 저쪽 밭을 한 바퀴 돌아보고 올게."

르픽 씨가 말했다. 항상 그랬듯이 홍당무는 속을 태우며 내리
쬐는 햇볕 속에서 얼굴을 찌푸리고 있었다. 발을 탁탁 구르며
밭둑에서 밭둑으로, 언덕에서 언덕으로 마구 쏘다니는 아빠를
바라보았다.

아빠는 땅을 짓이기기도 하고 쇠스랑으로 밭을 고르듯이 땅
을 평평하게 하기도 했다. 그리고 울타리와 엉겅퀴 덩굴을 두드
리기도 했다. 필람은 지쳐서 그늘을 찾아 드러누워 긴 혓바닥을
빼물고 숨을 헐떡거렸다.

"아버지는 기다리라고 하셨지만 따라가 봐야 할 것 같아. 시작부터 재수가 없는 날은 끝까지 재수가 없단 말이야. 오늘은 틀림없이 빈손으로 돌아가게 될 거야."

홍당무는 중얼거리며 말했다.

홍당무가 모자 끝을 만지면 필람이 꼬리를 빳빳이 세우고 멈춰 섰다. 그 순간 홍당무가 모자를 벗으면 자고새가 날아오르거나 토끼가 튀어나왔다.

홍당무가 봤을 때 모자의 끝을 만지느냐, 안 만지느냐에 따라 르픽 씨가 사냥감을 놓치느냐 맞히느냐가 결정되었다.

그렇지만 솔직히 말해 홍당무의 이 법칙이 언제나 들어맞는 건 아니었다. 이런 몸짓이 계속 되풀이되면 도리어 아무런 결과도 얻지 못했다. 행운도 매번 똑같은 신호에는 싫증이 나는 모양이다.

홍당무는 시간을 두고 조심스럽게 가끔 한 번씩 이런 동작을 취해 보았다. 이렇게 하면 홍당무의 법칙이 들어맞았다.

그때 르픽 씨가 어깨에 총의 개머리판을 대고 발끝으로 거름더미에 아주 가까이 다가갔다. 홍당무는 꼼짝하지 않고 서 있었다. 처음 맛보는 흥분 때문에 가슴이 두근거렸다.

홍당무는 다른 때보다 신중하게 주문을 걸었다.

'탕.'

"홍당무야, 아빠가 쏘는 걸 봤냐?"

르픽 씨가 방금 잡은 토끼를 번쩍 쳐들면서 물었다.

"왜 웃냐?"

르픽 씨는 킥킥거리며 웃는 홍당무를 의아한 눈으로 바라보며 물었다.

"제 덕분에 이놈을 잡으셨잖아요."

홍당무가 말했다. 이번에 성공한 데 대해 우쭐해진 홍당무는 자신의 법칙을 자세히 설명했다.

"홍당무야! 네 생각이 정말로 맞다고 생각하니?"

"물론 저도 100퍼센트 맞는다고 생각하진 않아요. 하지만……."

"그만 입 다물어라. 바보 같은 녀석! 경고해 두겠는데, 다른 사람에게는 절대로 그런 엉터리 같은 이야기는 하지 마라. 네가 영리한 녀석이라면 알아들었을 거다. 설마 나를 놀리려고 그런 얘기를 하는 건 아니겠지?"

"절대로 그렇지 않아요. 듣고 보니 아빠 말씀이 옳아요. 용서해 주세요. 제가 어리석었어요."

홍당무는 금세 풀이 죽은 얼굴로 용서를 빌었다. 그렇지만 잡은 토끼를 보며, 속으로 자신의 법칙이 옳지 않다고 생각하지는 않았다.

# 홍당무의 잔꾀

사냥은 계속되었다. 홍당무는 어깨를 축 늘어뜨리고 아빠의 뒤를 따라갔다. 홍당무가 쉴 틈이라고는 사냥 자루에 들어 있는 포도주를 한 모금씩 마실 때뿐이었다.

르픽 씨는 사냥에 열중하느라고 포도주 마시는 걸 잊어버리고 있었다. 홍당무는 너무 목이 말라, 르픽 씨께 포도주를 권했다.

"아빠, 포도주 한 모금 드세요."

"필요없다."

그런데 홍당무가 조금씩 마시다 보니 르픽 씨에게 줄 마지막 한 모금의 포도주까지 다 마셔 버렸다. 포도주 병은 비고 머리가 핑 도는데도, 홍당무는 부지런히 아빠를 따라갔다.

홍당무는 갑자기 걸음을 멈추고 손가락으로 귓속을 후비더니, 귀를 기울인 자세로 르픽 씨에게 소리를 질렀다.

"아빠, 귓속에 파리가 들어갔나 봐요."

"네가 꺼내면 되잖니?"

"너무 깊이 들어가서 손가락으로 꺼낼 수가 없어요. 속에서 계속 윙윙거려요."

"그냥 두면 안에서 죽을 거야. 가만히 내버려둬라."

"하지만 아빠, 파리들이 제 귓속에서 알을 까면 어떡하죠? 혹시 집이라도 짓게 되면 어떡해요?"

"그럼, 손수건을 뾰족하게 해서 귓속에 넣어 눌러 죽여라."

"아빠, 포도주를 부어서 파리가 술에 빠지게 하면 안 될까요?"

"그래, 그것도 좋겠다. 그러나 빨리 해야 한다."

르픽 씨는 아무렇지 않다는 듯 홍당무에게 소리쳤다.

홍당무는 병 주둥이를 귀에다 대고 병을 기울였다. 빈 병을 비우는 것이었다. 혹시 르픽 씨가 포도주 한 모금 마시자고 할 때에 대비해서 잔꾀를 썼던 것이다.

홍당무는 르픽 씨를 향해 달려가면서 기분 좋게 외쳤다.

"아버지, 이제 파리 소리가 나지 않아요. 죽었나 봐요. 포도주 남은 걸 전부 다 흘려 넣었거든요."

# 처음 잡은 도요새

르픽 씨가 자리 하나를 잡고 홍당무에게 말했다.

"홍당무야, 너는 여기에 있어라. 여기가 가장 좋은 장소야. 나는 개를 데리고 숲속을 한 바퀴 돌면서 도요새를 몰아올게. 알겠지? 여기 있다가 '삐이삐이' 하고 도요새 울음소리가 들리면 귀를 쫑긋 세우고 눈을 크게 떠. 도요새가 네 머리 위를 날아갈 거야."

홍당무는 양손으로 총을 눕혀서 단단히 잡고 있었다. 홍당무가 도요새를 총으로 쏘는 것은 처음이다.

예전에 아빠의 총으로 메추라기 한 마리를 잡은 적은 있었다. 자고새는 날개만 맞혔고, 토끼 한 마리는 잡다가 놓친 적이 있었다. 하지만 젊은 사냥꾼으로서 명성을 떨치려면 새 한 마리 정도는 잡아야 했다. 그래야 친구들 사이에서 자랑이라도 할 수 있기 때문이다.

저녁 노을이 지고 있었다. 홍당무는 두근거리는 가슴으로 도요새가 날아오기를 기다렸다. 여기저기 낙엽들이 사각거리는 소리가 나더니 드디어 도요새 두 마리가 날아올랐다. 두 마리는 사이좋게 앞서거니 뒤서거니 하면서 숲 위로 큰 원을 그리며 날았다. 그러나 부리가 긴 탓인지 빨리 날지는 못 했다.

르픽 씨 말대로 도요새는 '삐이삐이' 하고 울었다. 그러나 그 소리가 너무 약해, 홍당무는 새가 과연 자기 쪽으로 올지 의문이었다.

홍당무의 두 눈이 바쁘게 움직였다. 그는 머리 위로 두 개의 그림자가 지나가는 것을 보았다. 순간 홍당무는 하늘을 향해 방아쇠를 당겼다. 두 마리 중 한 마리가 긴 부리를 아래로 하고 떨어졌다. 총소리가 숲속 구석구석 메아리쳤다. 한 마리는 놓쳤지만 다른 한 마리는 제대로 잡은 것이었다.

홍당무는 날개가 부러진 도요새를 주워들었다. 자랑스럽게 흔들며 화약 냄새를 맡았다. 사냥개 필람이 르픽 씨보다 먼저 달려왔다.

'아빠가 보시면 깜짝 놀라겠지?'

홍당무는 잔뜩 칭찬을 기대하며 르픽 씨를 기다렸다. 그러나 나뭇가지를 헤치고 나타난 르픽 씨가 냉정하게 말했다.

"어째서 두 마리 모두 떨어뜨리지 못했냐?"

르픽 씨의 말을 듣고 홍당무는 맥이 빠졌다.

# 낚싯바늘

홍당무는 낚시해 온 물고기의 비늘을 벗기고 있었다. 모래무지, 붕어, 농어 새끼……. 홍당무는 주머니칼로 비늘을 긁어낸 다음 배를 가르고 투명한 부레를 꺼내 발로 밟아 터뜨렸다. 그리고 내장은 모아서 고양이에게 던져 주었다.

홍당무는 옷이 젖지 않도록 조심하면서 부지런히 일을 했다. 르픽 부인이 잠깐 살펴보러 나왔다.

"잘하고 있구나. 오늘은 홍당무 때문에 맛있는 생선 튀김을 먹을 수 있겠다. 너도 마음만 먹으면 뭐든지 척척 할 수 있다니까."

어쩐 일로 르픽 부인은 홍당무에게 칭찬을 했다. 르픽 부인은 홍당무의 머리와 어깨를 다정하게 쓰다듬어 주었다.

그런데 르픽 부인은 홍당무의 어깨에서 손을 떼는 순간, 날카로운 비명을 질렀다.

"으악!"

손가락 끝에 낚싯바늘이 꽂힌 것이다. 르픽 부인은 금방이라도 숨이 넘어갈 듯 비명을 질러댔다. 에르네스틴이 놀라서 달려 나왔다. 펠릭스도 그 뒤를 쫓아 나왔다. 그리고 얼마 뒤 르픽 씨도 달려 나왔다. 르픽 씨는 작은 돋보기안경을 쓰고 있었다.

르픽 부인은 손가락을 치마에 싸서 무릎 사이에 꼭 끼우고 있었다. 그 때문에 낚싯바늘은 점점 더 깊이 살을 파고 들어갔다.

펠릭스와 에르네스틴이 르픽 부인을 부축하는 사이, 르픽 씨가 그녀의 팔을 붙잡아서 치켜들었다. 낚싯바늘은 손가락 깊숙이 꽂혀 있었다.

르픽 씨가 낚싯바늘을 잡아 빼려고 했다.

"아아, 안 돼요. 하지 마요!"

르픽 부인이 다시 비명을 질렀다. 낚싯바늘 끝에는 갈고리 모양의 미늘이 붙어 있기 때문에 잡아당기면 굉장히 아팠다. 전혀 빠져나올 기미가 보이지 않는다.

"안 되겠어. 바늘을 부러뜨려야겠어. 그런데 어떻게 부러뜨리지?"

르픽 씨는 어쩔 줄 몰라 쩔쩔 매고 있었다. 르픽 부인의 손가락을 이리저리 만져보았다. 르픽 씨가 힘을 주자, 르픽 부인은 펄쩍 뛰어오르며 울부짖었다. 누가 들으면 심장이라도 떼어내는 줄 알 정도였다.

낚싯바늘은 강철로 되어 있었기 때문에 도저히 부러뜨릴 방법이 없었다.

"살을 찢고 꺼내는 수밖에 없겠다."

르픽 씨는 주머니에서 칼을 꺼냈다. 그리고 르픽 부인의 손가락에 대고 가볍게 한 번 그었다. 칼이 잘 들지 않았다. 르픽 씨는 할 수 없이 땀을 뻘뻘 흘리며 손에 힘을 주어 다시 한 번 그었다. 피가 살짝 배어 나왔다.

"아야야, 아이구. 사람 살려!"

르픽 부인의 비명 소리에 다들 부들부들 떨었다.

"빨리 좀 하세요, 아버지."

에르네스틴이 겁에 질려서 소리쳤다.

"어머니, 기운을 내세요."

펠릭스가 말했다. 점점 짜증이 난 르픽 씨는 신경질적으로 여기저기 마구 그어댔다.

"으악, 사람 살려!"

악을 쓰던 르픽 부인이 갑자기 조용해졌다. 마침 다행스럽게도 기절을 했다. 르픽 씨는 서둘러서 낚싯바늘 제거 수술을 진행했다. 서투른 솜씨 때문에 르픽 부인의 손가락은 온통 피투성이가 되었지만 결국 낚싯바늘을 떼어냈다.

모두들 안도의 한숨을 쉬었다.

"후유!"

그러는 동안 홍당무는 아무런 도움도 되지 못했다. 르픽 부인의 맨 처음 비명 소리를 듣자마자 정신없이 도망쳤던 것이다.

홍당무는 계단 밑에 웅크리고 앉아서 왜 이런 일이 일어났는지 생각해 보았다. 낚싯줄을 멀리 던지려고 낚싯대를 높이 들어올렸을 때 낚싯바늘이 옷에 걸렸던 것이다. 그런데 미처 알지 못했던 것이다. 홍당무는 앉아서 르픽 부인의 비명 소리를 다 들었다. 하지만 이상하게도 슬프지도 무섭지도 않았다.

이웃사람들이 비명 소리를 듣고 달려와서 홍당무에게 물었다.

"도대체 무슨 일이냐?"

홍당무는 아무런 대꾸도 하지 않았다. 귀를 틀어막고 몸을 움츠릴 뿐이었다. 그때 르픽 부인이 걸어왔다. 금방 아이를 낳은 산모처럼 창백한 얼굴이었다. 하지만 대단한 위기를 넘겼다는 것을 자랑하듯, 붕대를 칭칭 감은 손가락을 앞으로 쑥 내밀고 있었다.

르픽 부인은 통증을 꾹 참으면서 모여 있는 사람들에게 미소를 지어 보였다. 그리고 홍당무를 찾아내어 상냥하게 말했다.

"넌, 나를 아프게 했어. 하지만 나는 너를 원망하지 않을 거야. 네 잘못이 아니니까."

홍당무는 당황했다. 르픽 부인에게서 지금까지 한 번도 그렇게 상냥한 목소리를 들어본 적이 없었기 때문이다.

깜짝 놀란 홍당무가 고개를 들었다. 붕대가 칭칭 감긴 르픽 부인의 손가락이 보였다. 그것은 가난한 아이들의 헝겊 인형 같았다. 홍당무의 맑은 두 눈에 눈물이 가득 고였다.

르픽 부인은 몸을 굽혀 홍당무에게 키스하려고 했다. 그러나 홍당무는 반사적으로 팔꿈치를 들어 막으려고 했다. 늘 그래왔던 것처럼 이미 버릇이 되어 버린 것이다. 그런데도 르픽 부인은 너그러운 태도로 이웃 사람들이 보는 앞에서 홍당무에게 키스를 해 주었다.

홍당무는 이해할 수가 없어서 울음을 터뜨릴 수밖에 없었다.

"이제 됐으니 그만 울어라. 용서해 주겠다니까. 너는 내가 그렇게 나쁜 사람이라고 생각하니?"

홍당무는 더 세차게 흐느껴 울었다.

"바보같이 울기는……. 자, 이제 그만 울어라."

르픽 부인은 더욱 상냥하게 홍당무를 달래주었다. 그 모습을 보고 이웃 사람들은 모두 감동했다. 르픽 부인은 낚싯바늘을 모두에게 보여주었다. 사람들은 신기한 듯 돌려가며 보았다.

며칠 후, 르픽 부인은 조금씩 기운이 회복되었다. 그리고 식구들에게 말했다.

"홍당무를 사랑하지 않았다면, 아마 그 순간에 죽여 버렸을지도 몰라요. 정말로 위험했답니다. 나는 그 낚싯바늘에 걸려 하늘까지 올라가는 줄 알았다니까요."

"어머니, 이 낚싯바늘을 어디다 꽁꽁 묻어 버려요."

에르네스틴이 낚싯바늘을 가리키며 말했다.

"무슨 말을 하는 거니? 내가 가지겠어. 이걸로 낚시질을 하면 정말 굉장할 거야. 내 핏속에 꽂혔던 바늘이잖니. 틀림없이 물고기들이 우르르 몰려들 거야. 이 세상에서 가장 큰 물고기를 낚을 수 있을지도 몰라."

홍당무는 르픽 부인의 말을 들으면서 눈물이 나왔다.

일이 싱겁게 끝나 어리절한 홍당무는 깊이 뉘우치고 있는 척하며 고개를 숙이고 있었다.

# 은화와 거짓말

어느 날 르픽 부인이 홍당무에게 물었다.

"홍당무야, 너 혹시 잃어버린 거 없니?"

"아니요. 없는데요."

"무턱대고 없다고 하지 말고 좀 찾아보렴. 그 주머니 속이라
도 뒤져보든지."

홍당무는 주머니를 뒤집어보았다. 주머니가 마치 당나귀 귀
처럼 축 늘어져 있었다.

"아아, 알겠어요. 어머니, 돌려주세요."

"돌려달라니 뭘 말이냐? 난 그냥 한번 물어본 것뿐인데, 진짜
뭘 잃어버린 거니? 뭘 잃어버렸는데?"

"어머니, 모르겠어요."

홍당무는 황급히 고개를 저었다. 홍당무는 르픽 부인이 낚싯바늘에 찔린 후, 엄마라는 말보다는 어머니라는 말이 자연스럽게 나왔다.

"저런. 거짓말을 해놓고 당황하고 있구나. 천천히 생각해 봐. 도대체 뭘 잃어버렸지? 팽이냐?"

"네, 맞아요. 그만 깜빡했어요. 팽이에요, 어머니."

"호오, 그래? 팽이라면 내가 지난 주일에 빼앗은 것으로 아는데?"

"그럼, 칼이에요."

"어떤 칼? 누구에게 받은 거냐?"

"누가 준 게 아니에요."

"넌 정말 한심한 아이로구나. 이런 식으로 하자면 끝이 없겠어. 너는 왜 내 앞에만 오면 말을 못하고 쭈뼛거리니? 지금은 너와 나 둘뿐이고, 나는 너에게 상냥하게 묻고 있잖니? 나를 사랑한다면 진실만을 대답해야지. 안 그러니? 나는 네가 돈을 잃어버린 줄 알았단다. 은화 말이다."

"맞아요. 어머니, 저는 은화를 잃어버렸어요. 지난 일요일에 대부께서 주신 거였는데, 그만 잃어버리고 말았어요. 아깝지만 포기할 생각이었어요. 은화 한 닢이야 있어도 그만 없어도 그만이라고 생각했어요."

르픽 부인이 화를 내며 홍당무의 말을 잘랐다.

"어떻게 그런 건방진 말을 할 수 있니? 잠자코 들어주려니까 뭐가 어쩌고 어째? 아저씨께서 주신 돈이 소중하지 않다는 말처럼 들리는구나. 너를 귀여워해 주시는 아저씨가 방금 네 말을 들었다고 생각해 봐라. 얼마나 화가 나시겠니?"

"하지만 그 돈은 제 마음대로 써도 되는 거잖아요."

"시끄럽다. 이제 그만두어라. 돈이란 것은 잃어버려도 안 되고, 함부로 써서도 안 된다. 잃어버렸다니 어쩔 수 없구나. 찾아보는 수밖에. 어서 나가서 찾아봐. 만들어 내든 어쩌든 좋을 대로 하란 말이야. 빨리!"

"네, 어머니!"

홍당무는 마당을 왔다 갔다 걸어 다녔다. 가끔 어머니가 감시하고 있는 듯한 기척이 느껴지면 웅크리고 앉아서 은화를 찾는 시늉을 했다. 홍당무는 아무리 눈을 크게 뜨고 찾아보아도 못 쓰는 핀 한 개조차 발견할 수가 없었다.

마침내 지쳐 버린 홍당무는 이제 그만 안으로 들어가고 싶었다. 그래서 르픽 부인의 기분을 살펴보기로 했다. 그런데 거실에 있던 르픽 부인이 보이지 않았다. 홍당무가 불러보아도 대답이 없었다. 지금 막 어디로 나간 건지 바느질 탁자의 서랍이 열려 있었다. 서랍 속에서 털실과 바늘, 실패 따위에 섞여 은화 몇 개가 뒹굴고 있었다.

문득 좋은 생각이 떠올랐다. 홍당무는 서랍에서 은화 한 개를 꺼냈다. 우물쭈물할 틈도 후회할 틈도 없었다.

홍당무는 뒤도 돌아보지 않고 마당으로 달려 나갔다. 마당을 이리저리 돌아다니다가 적당한 장소를 찾아서 은화를 떨어뜨렸다. 그리고 구두 굽으로 흙을 파서 그것을 묻었다.

"어머니, 어머니, 은화를 찾았어요."

홍당무는 숨을 헐떡이며 뛰어 들어와서 소리쳤다. 2층에서 내려오던 르픽 부인이 놀라며 대답했다.

"뭐라구? 그 은화라면 내가 가지고 있는데?"

"네에? 보세요. 여기 있잖아요."

"나도 있다. 자, 보렴."

홍당무는 고개를 갸웃거리면서 두 개의 은화를 비교해 보았다.

"이상하네. 어머니는 어디서 주웠어요? 저는 마당에서 주웠어요. 마당을 수십 번이나 돌았는데도 보지 못했던 것을 정말 우연히 발견했어요. 문득 무언가 반짝거리는 것이 보였어요. 저는 그것이 종이 조각이나 흰 제비꽃인 줄 알았어요. 그런데 자세히 보니까 은화였어요. 분명히 제 주머니에서 떨어졌을 거예요. 얼마 전에 거기서 막 뒹굴고 놀았거든요."

"그래? 그런데 나는 이 은화를 네 윗옷 주머니에서 찾았다. 그렇게 주의를 주었는데도 너는 옷을 갈아입을 때마다 주머니 속을 확인하지 않더구나. 그래서 혼을 좀 내주려고 일부러 은화를 찾아보라고 한 거였다. 그런데 정말로 은화를 찾았다니, 이제 네 은화는 하나가 아니라 둘이 되었구나. 넌 금방 부자가 되겠어."

"어머니, 이제 나가 놀아도 되죠?"

"그래, 그리고 이 은화는 둘 다 네가 가지도록 해라."

"아니에요, 어머니! 저는 하나면 충분해요. 하나는 어머니가 맡아 주세요."

"아니다. 이 은화는 둘 다 네 것이다. 하나는 아저씨가 너에게 준 것이고 또 하나는 네가 마당에서 주운 거야. 하지만 주운 것은 주인이 나타나면 돌려주어야 한다. 도대체 누가 떨어뜨렸을까? 아무리 생각해도 모르겠구나. 너는 누구 짐작 가는 사람 없니?"

"없어요. 내일 천천히 생각해 볼게요."

"잠깐, 혹시 정원사 아저씨가 떨어뜨린 건 아닐까?"

"제가 가서 여쭤보고 올까요?"

"아니다. 다시 한 번 잘 생각해 보자. 아버지는 그런 실수를 하실 리가 없고, 에르네스틴은 돈이 생기면 전부 저금통에 넣으니까 아닐 테고, 펠릭스는 돈을 잃어버릴 틈도 없이 금방 써 버리니까 아니고……. 그렇다면 이 돈은 내 돈이겠구나."

"네? 어머니 돈이라고요? 그건 좀 이상한걸요. 어머니는 뭐든지 꼼꼼하게 잘 간수하시잖아요."

"어른도 때로는 아이처럼 실수를 하기도 한단다. 어쨌든 조사해 보면 알겠지. 아무래도 이 은화는 나와 관계가 있는 것 같아. 이제 이야기는 끝났으니 나가 놀아도 좋아. 너무 멀리 가지 말고. 그동안에 나는 바느질 탁자의 서랍이나 살펴봐야겠구나."

문 앞까지 뛰어나갔던 홍당무는 그 말을 듣고 홱 돌아서서 잠시 망설였다. 그리고 아무래도 안 되겠다 싶었는지, 얼른 뛰어가서 르픽 부인의 앞을 가로막았다.

홍당무는 잠자코 뺨을 내밀었다.

"네가 거짓말쟁이인 줄은 알고 있었지만 감히 나를 속이려 들다니! 이 정도인 줄은 몰랐구나. 바늘 도둑이 소 도둑이 되는 거야."

르픽 부인의 잔소리에 이어서 홍당무의 뺨에 따귀가 한 대 떨어졌다.

홍당무는 아무런 대꾸도 하지 못하고 맞을 수 밖에 없었다.

# 자기 의견

르픽 씨, 에르네스틴 누나, 펠릭스 형, 홍당무는 난로 앞에서 즐겁게 토론을 하고 있었다. 홍당무도 르픽 부인이 없는 틈에 자신의 의견을 말했다.

"저는 가족이라는 말에는 실제로 별 의미가 없다고 생각합니다. 저는 아버지를 사랑합니다. 하지만 아버지가 아버지이기 때문에 사랑하는 건 아니에요. 아버지가 저를 친구처럼 다정하게 대해 주시기 때문에 사랑하는 거예요. 저는 아버지의 애정에 늘 감사드리고 있어요."

"흐음!"

르픽 씨가 고개를 끄덕였다.

"그럼, 나는?"

"나는?"

옆에서 펠릭스와 에르네스틴이 동시에 물었다.

"마찬가지야. 우연한 운명에 의해서 형과 누나는 나의 형이 되고 누나가 되었을 뿐이야. 내 형과 누나가 되었다고 해서 내가 형과 누나에게 감사할 필요는 없지. 우리 세 사람이 르픽이라는 성을 가지게 된 것은 누구의 의지도 아니니까. 형과 누나가 나 같은 동생을 두어서 만족하는지 어떤지는 내가 상관할 바가 아니야. 나는 단지 형이 나를 감싸주고, 누나가 나에게 친절하게 대해 주는 것을 감사하게 생각할 뿐이야."

"거참, 말 한번 잘하십니다."

펠릭스가 놀리듯이 말했다.

"어떻게 그런 생각을 다 했니? 참 많이 섭섭하구나."

에르네스틴이 말했다. 그리고 다시 말을 꺼냈다.

"누구나 이런 생각을 할 수 있어. 만약 이 자리에 어머니가 계셨어도, 나는 이렇게 말했을 거야."

"그런 말은 두 번 다시 안 하는 게 좋을걸."

펠릭스가 기분 나쁘다는 듯이 말했다. 그러자 홍당무가 정색을 하고 따졌다.

"내 말이 어디가 잘못됐다는 거야? 제발 내 생각을 이상하게 받아들이지 말아줘. 나는 형을 사랑하고 있어. 평범하고 본능적인 사랑은 아니지만 나의 의지와 이성이 합쳐진, 말하자면 논리적인 사랑이야. 맞아. 내가 찾던 말이 바로 그거야. 논리적!"

그때 르픽 씨가 벌떡 일어나서 안방으로 들어가려다가 획 돌아보며 말했다.

"홍당무야, 무슨 뜻인지도 모르는 어려운 단어는 쓰지 말라고 했잖니? 내가 만약 돌아가신 네 할아버지에게 그런 말을 농담으로라도 했다면 바로 걷어차였을 거야. 그리고 나는 그 순간, 우리가 아버지와 아들 사이라는 걸 뼈저리게 느꼈을 것이다."

"심심해서 그냥 한번 해본 소리일 뿐인걸요."

홍당무는 변명을 했다. 슬슬 불안해진 것이다.

르픽 씨가 안방으로 들어가 버리자 펠릭스도 말했다.

"그럼, 나도 먼저 들어간다. 철없는 내 동생아."

에르네스틴도 이렇게 말하고 자기 방으로 들어가 버렸다.

"잘 자, 어린 내 동생아."

홍당무는 혼자 남아서 어찌할 바를 모르고 있었다.

전날 르픽 씨는 홍당무에게 자신의 의견을 말할 줄 알아야 한다고 충고하며 이렇게 말했다.

"너는 '모두'라는 말을 잘 쓰는데 도대체 그게 무슨 말이냐?

191

'모두'란 것은 이 세상에 없다. 모든 사람들이라는 것은 결국 그 누구도 아니라는 것과 마찬가지다. 그리고 너는 어디서 들은 말도 네 것인 양 그대로 말하더구나. 그건 나쁜 버릇이야. 앞으로는 단 한 마디라도 네 자신의 의견을 말하는 버릇을 들여 봐."

일부러 큰맘 먹고 말해 본 첫 번째 의견이었다. 그런데 이렇게 지독한 대답을 듣자, 홍당무는 속이 상했다.

홍당무는 난로의 장작에 재를 덮고 의자를 나란히 정리해 놓았다. 그리곤 벽시계를 힐끗 본 후 자기 방으로 들어갔다. 침대에 누워 군데군데 흠집이 생긴 벽을 바라보며 생각했다.

'자신의 의견은 역시 자신을 위해서 간직해 두어야 하는 거였어. 그래서 자기 의견이라고 할 수밖에 없는거구나.'

# 폭풍

홍당무는 한참 동안 멍하니 미루나무 꼭대기를 바라보고 있
었다. 넋을 잃고 공상에 빠져서 나뭇잎들이 흔들리기를 기다리
고 있었다. 미루나무 잎은 동이 틀 때와 날이 저물 때면 햇살을
받아 황금색 빛을 발했다. 또 저녁의 마지막 햇살에 다시 금빛
으로 곱게 물들었다.

한낮이 되면 나뭇잎들은 죽은 듯이 꼼짝도 하지 않았다. 그만
큼 날씨가 뜨거웠다. 나뭇잎이라기보다는 그저 나무에 묻은 하
나의 점 같았다. 홍당무는 낮부터 미루나무 아래에 앉아서 잎이
흔들리기를 기다리고 있었다. 바람도 불지 않다 보니 점점 지루
해졌고, 짜증이 났다.

드디어 잎 하나가 신호를 했다. 그 옆의 잎도 똑같은 신호를 바로 옆에 있는 잎으로 전했다. 나뭇잎들은 계속해서 빠른 속도로 똑같은 신호를 옆으로 전했다.

저 멀리 지평선 위로 먹구름이 몰려오는 게 보였다. 미루나무가 느끼는 불안은 그 옆의 느티나무, 참나무, 마로니에들에게로 옮겨졌다. 마당 안의 모든 나무가 몸을 떨며 서로 신호를 주고받았다.

이 가지에서 저 가지로 날아다니며 쉴 새 없이 재재거리던 새들도 갑자기 지저귐을 멈췄다.

아카시아 나뭇잎은 힘없이 한숨을 내쉬었다. 껍질이 벗겨진 자작나무는 불쌍하게도 고통스러운 신음소리를 냈다. 마로니에와 떡갈나무는 파도치듯 흔들렸다.

사과가 후두두 떨어졌다. 양배추가 춤을 추고, 무성하게 잘 자란 파가 고개를 꺾고 비틀거렸다.

도대체 무슨 일이 일어났는지 짐작할 수가 없었다.

천둥이 치는 것도 아니고, 우박이 쏟아지는 것도 아니었다. 번개도 치지 않았고, 비 한 방울이 떨어지지도 않았다. 단지 구름이 해를 가린 것뿐이었다.

대낮에 찾아온 어둠이 나무와 풀을 미치게 만들었다.

홍당무는 문득 무서워졌다. 홍당무는 알고 있었다. 먹구름도 다른 구름덩이들처럼 그저 흘러 지나갈 것이고, 곧 다시 해가 나올 것이라고 생각했다.

그런데 먹구름이 머리 바로 위에 온 순간, 이번에는 홍당무의 마음속에 폭풍이 몰아치기 시작했다.

홍당무는 두 손으로 귀를 틀어막았다.

하지만 폭풍은 고함을 치며 점점 더 몸 속으로 파고들었다.

폭풍은 마치 길에서 흩어져 있는 종이를 줍듯, 홍당무의 심장을 꽉 쥐었다. 홍당무는 심장이 콩알만해지는 것만 같았다.

# 반항 1

어느 날 마당에 앉아 멍하니 공상에 빠져 있는 홍당무에게 르픽 부인이 심부름을 시켰다.

"홍당무야, 가서 버터 하나만 사오너라. 네가 올 때까지 식사를 시작하지 않고 기다려줄게. 어서 갔다 오너라."

르픽 부인은 버터 담을 접시 하나를 홍당무에게 주며 말했다.

"싫어요."

홍당무는 조금도 주저하지 않고 대답했다. 접시를 받을 생각도 하지 않았다. 르픽 부인이 다시 한 번 말했다.

"싫다니! 모두 식사하지 않고 기다리고 있을 테니까, 어서 갔다 와."

"싫어요. 저는 가지 않겠어요."

"뭐라고? 싫다고? 지금 내가 너한테 부탁하는 거라고 생각하니? 너 혹시 꿈꾸고 있는 거니?"

"아니요. 전 꿈을 꾸는 게 아니에요."

"나는 너한테 부탁하는 게 아니라, 버터 하나를 사오라고 명령한 거야."

"들었어요. 하지만 저는 안 가요."

"네가 지금 제정신이니? 도대체 무슨 일이니? 네가 이렇게 말하는 건 처음 듣는구나."

"네, 아마도 그럴 거예요."

"내 말을 안 듣겠다는 말이지? 네 친어머니인 내 말을!"

"친어머니라고요? 그렇죠, 친어머니가 맞죠?"

"홍당무야, 너 몸에 혹시 이상이 있는 거 아니니? 아니면 어디 한번 누가 이기나 해보자는 거니? 자아, 어서 갔다 와라."

"싫어요."

홍당무도 목소리를 높여 소리쳤다. 르픽 부인은 점점 흥분했다.

"입 다물지 못해? 어서 갔다 오라니까."

"입은 다물겠어요. 하지만 안 가요."

"이 접시를 들고 빨리 갔다 오란 말이야."

홍당무는 입을 다물고 꼼짝도 하지 않았다.

# 반항 2

홍당무는 입을 다물고 그 자리에서 꼼짝을 하지 않았다.

"이거야말로 혁명이로군."

르픽 부인은 양팔을 들고 외쳤다.

홍당무가 르픽 부인의 말에 '싫어요'라고 대답한 것은 그때가 처음이었다. 게다가 의기양양하게 르픽 부인의 얼굴을 똑바로 쳐다보며 처음으로 반항을 한 것이다.

갑자기 혼란스러워진 르픽 부인은 구원을 요청하듯 큰 소리로 외쳤다.

"에르네스틴! 펠릭스! 정말 황당한 일이 일어났단다. 아버지도 함께 모시고 오너라. 아가트도 불러 오너라"

홍당무는 여전히 마당 한가운데에 웅크리고 앉아 꼼짝도 하지 않았다. 위험을 눈앞에 두고도 아무렇지도 않은 자신이 그저 놀라울 뿐이었다.

르픽 부인이 곧바로 뺨을 때리지 않았다는 것도 놀라웠다. 르픽 부인은 너무나 뜻밖의 일이어서 미처 때릴 생각도 못하고 있었던 것이다. 여느 때 같았으면 벌써 홍당무의 뺨을 힘껏 갈겼을 것이다.

가족들이 모두 모여들었다. 르픽 부인은 화를 억누르느라 입술을 깨물며 말했다.

"모두들 내 말 좀 들어봐요. 내가 홍당무에게 산책 삼아 나가서 버터 하나만 사오라고 부탁했어요. 그런데 얘가 뭐라고 했는지 아세요? 얘한테 한번 물어보세요. 내가 얘기하면 꾸며낸 말로 들릴지도 모르니까."

홍당무의 태도만 보고도 모두들 무슨 일이 일어났는지 대충 알 수 있었다.

에르네스틴이 홍당무의 귀에 대고 상냥하게 소곤거렸다.

"더 이상 혼나기 전에 어서 갔다 오겠다고 해."

그래도 홍당무는 입을 꼭 다물고 꼼짝도 하지 않았다.

펠릭스는 여태껏 바보 취급해 왔던 홍당무의 전혀 새로운 모습을 보고 놀랐다. 은근히 홍당무를 응원하는 마음까지 생길 정도였다.

"나는 더 이상 말하고 싶지 않아요. 누가 이 녀석하고 이야기 좀 해봐요. 당신이 하면 좋겠네요. 당신 아들과 얘기 좀 해서 이 문제를 해결해 봐요."

르픽 부인은 르픽 씨에게 이렇게 말하고 방 안으로 들어가 버렸다.

"아버지!"

홍당무가 떨리는 목소리로 르픽 씨를 불렀다.

"만약 아버지가 버터를 사오라고 하신다면 저는 아버지를 위해서 갈 수 있어요. 하지만 어머니를 위해서는 이제 절대로 아무것도 하고 싶지 않아요."

홍당무는 북받쳐 오르는 감정 때문에 제대로 말을 할 수가 없었다.

르픽 씨는 홍당무가 자기를 따르겠다고 하는 말에 당혹스러웠다. 이런 작은 일에 끼어드는 것은 가장으로서 할 일이 아니라는 생각이 들었다.

르픽 씨는 홍당무의 말을 못 들은 척하며 잠시 주위를 서성거리다가 방 안으로 들어갔다.

이 사건은 일단 그쯤에서 끝났다.

# 최후의 말

저녁 식사가 끝나도 기분이 언짢아진 르픽 부인은 부엌으로 나오지 않았다. 방에서 꼼짝도 하지 않았다.

가족들은 말없이 식사를 할 수밖에 없었다. 보통 때도 말없이 식사를 했지만 오늘은 더욱 입을 다물고 있어야 했다.

식사가 끝나자, 르픽 씨는 식탁에서 일어나며 말했다.

"누구 나하고 산책하지 않을래? 언덕까지 갔다 오려고 하는데."

홍당무는 르픽 씨가 일부러 자신에게 하는 말이라는 것을 알아차렸다. 자리에서 일어나서 늘 하던 대로 의자를 벽 쪽에 밀어두고 아빠의 뒤를 조용히 따라나섰다.

한동안 두 사람은 아무 말 없이 걷기만 했다.

르픽 씨는 낮의 일에 대해서 성급하게 묻지 않았다. 홍당무는 무슨 말을 어떻게 해야 좋을지 몰라 속으로 연습해 보았다.

마침내 르픽 씨가 부드럽게 물었다.

"자아, 오늘 일에 대해서 설명해 보렴. 왜 그랬니? 너 때문에 어머니가 괴로워하고 있어."

"아버지, 지금까지 오랫동안 내색하지 않았지만 사실 저는 어머니가 싫었어요."

"흐음, 어머니의 어떤 점이 싫으냐? 언제부터 싫었지?"

"어떤 점이 아니라 전부 싫어요. 어머니의 얼굴을 알게 되었을 때부터요."

"그것 참 슬픈 일이구나. 어머니가 너에게 어떻게 했는데, 그러지? 내게만은 말해 줘야지."

"이야기를 하자면 너무 길어요. 아버지는 전혀 모르셨나요?"

"짐작이 가지 않는구나. 네가 가끔 토라져 있는 건 알았지만, 이 정도일 줄은 몰랐구나."

"제가 토라졌다고 하시니까 섭섭하네요. 물론 저라는 아이는 화가 난 것도 제대로 표현 못하죠. 고작해야 뾰로통해 있다가 가만두면 어느새 풀어지니까요. 하지만 그건 단지 겉모습에 지나지 않아요."

홍당무는 쌓였던 불만을 줄줄 쏟아 놓았다.

르픽 씨는 홍당무의 말을 들으면서 놀라지 않을 수 없었다. 그렇다고 아들과 함께 아내에 대해 험담할 수도 없는 노릇이었다. 그래서 홍당무의 머리를 쓰다듬으며 말했다.

"그러지 말고, 그런 감정은 다 잊으려무나. 한 순간의 일 때문에 그렇게 오래 화를 낼 필요는 없잖니?"

"그게 아니에요. 아빠는 바쁘시니까 잘 모르세요. 집에 계시지 않을 때가 많잖아요."

"그거야 사업 때문에 어쩔 수 없었기 때문에 그랬지."

"그래요, 아버지. 아버지한테는 일이 있지요. 하지만 어머니는 저를 때리는 것 말고는 달리 기분을 풀 길이 없는 모양이에요. 그렇다고 그게 아버지의 책임이라는 말은 아니에요. 지금 생각해 보니, 진작 아버지께 말씀 드릴 걸 그랬어요. 아버지는 기꺼이 제 편이 되어 주셨을 텐데……."

홍당무는 이야기를 잠시 끊었다가 다시 시작했다.

"아빠, 당장 의논 드릴 일이 있어요. 전 엄마와 떨어져 살고 싶어요. 아빠 생각은 어떠세요? 가장 간단한 방법은 어떤 것일까요?"

"지금도 방학 동안에만 보면서 뭘 그러냐? 기껏해야 일년에 두 번 방학 때만 엄마와 보내지 않니?"

"방학 중에도 기숙사에 남아 있고 싶어요. 그러면 공부도 더 열심히 할게요."

"그런 특전은 가난한 아이들한테만 주는 거잖니? 네가 만약 그런다면, 사람들은 아마 내가 너를 버린 줄 알 거다. 제발 너만 생각하지 말거라. 게다가 네가 그러면 나까지 너를 볼 수 없게 되잖니?"

"아빠가 저를 찾아오시면 되잖아요."

"돈이 너무 많이 들어서 안 돼. 그곳까지는 너무 멀지 않니?"

"그러니까 출장을 이용하면 되지요. 출장 때마다 잠깐씩 다녀가시면 되잖아요."

"안 돼. 나는 지금까지 너희 삼 남매 모두를 똑같이 대해 왔다. 누군가를 특별히 대해 준 적은 한 번도 없어. 앞으로도 그럴 것이다."

"그럼, 학교를 그만두고 취직을 하겠어요."

"취직? 구둣방의 견습공이라도 되겠다는 소리냐?"

"제 생활비만 벌 수 있다면 어떤 일이어도 상관없어요. 혼자 힘으로 살고 싶어요. 아버지, 전 자유를 원해요."

"유감스럽지만 그건 안 된다. 구두 밑창에 못이나 박게 하려고 지금까지 너를 교육시킨 것은 아니다."

"하지만 아버지, 제가 자살까지 마음먹은 적이 있다면 어떻게 하시겠어요?"

"이 녀석, 홍당무야. 나를 놀리는 거냐?"

"거짓말이 아니에요. 어제도 죽고 싶었다고요."

"하지만 너는 지금 여기 있어. 너는 죽지 않았어. 자살을 생각했다는 얘길 아주 자랑스럽게 하는구나. 그런 생각을 해본 사람이 너 혼자뿐인 것 같니? 홍당무야, 세상에는 스스로 불행하다고 생각하는 사람이 많단다. 행복한 삶을 사는 사람이 몇이나 되겠니? 세상은 자기 마음처럼 살 수가 없어."

"하지만 아버지, 펠릭스 형과 에르네스틴 누나는 행복해요. 그리고 엄마의 경우에는, 아빠 말씀처럼 재미삼아 저를 괴롭히는 게 아니라면 저도 참겠어요. 도대체 무엇 때문인지 이해할 수가 없어요. 아빠는 언제나 위엄 있게 행동하셔서 모두들 무서워하죠. 결국 누구도 아빠의 행복을 방해할 순 없어요. 이건 곧 이 세상엔 행복한 사람도 참 많다는 얘기가 아닌가요?"

"이 녀석아! 그런 말도 안 되는 소리는 그만하렴. 너는 다른 사람의 마음까지 꿰뚫어볼 수 있다고 생각하니? 이 세상의 모든 일을 네가 다 알 수 있을 것 같아?"

"적어도 제 자신에 대해서만은 알아요. 알려고 노력하고 있어요."

"그렇다면 말이다, 홍당무야! 행복하게 살고 싶다는 생각을 아예 버려라. 그렇지 않으면 지금보다 결코 행복해질 수 없을 테니까."

"저도 그런 말 정도는 알고 있어요. 하지만 그럴 수 없어요."

"단념해라. 그리고 강해져라. 스무 살이 되어서 네 일을 스스로 할 수 있을 때까지는 참아야 해. 스무 살이 되면 너 혼자 자립할 수 있게 된다. 그때는 자유야. 가족들과 인연을 끊고 따로 살아도 내버려두지. 그때까지는 감정을 죽이도록 해라. 그리고 다른 사람들이 어떻게 사는지도 잘 살펴보아라. 너 혼자만 불행한 건 아니란다."

"그래요. 다른 사람들도 다 나름대로 고통이 있겠지요. 하지만 그런 것은 나중에 생각할래요. 지금은 저 자신만을 생각할래요. 어떤 사람의 운명도 제 운명보다는 나을 거예요. 저는 어머니가 계시지만, 어머니는 저를 사랑하지 않아요. 저도 어머니를 사랑하지 않고요."

"그럼, 너는 내가 네 어머니를 사랑한다고 생각하니?"

르픽 씨는 애가 타서 퉁명스럽게 내뱉었다.

홍당무는 깜짝 놀라 르픽 씨의 얼굴을 쳐다보았다. 빽빽한 수염 밑에는 방금 한 말이 부끄럽다는 듯 다문 입이 감추어져 있었다. 아빠의 이마에는 깊은 주름이 지어졌고 눈가에도 주름이 졌으며, 또 눈꺼풀은 아래로 처져 있었다.

홍당무는 잠시 동안 말문을 열 수가 없었다. 르픽 씨의 손을 꽉 잡았다.

홍당무는 어둠 속에서 저만치 떨어져 있는 마을을 향해 팔을 휘두르며 외쳤다. 아빠 앞에서 해서는 안 된다는 것을 알면서 말이다.

"이 매정한 여자야! 지독한 여자야. 나는 엄마가 싫다."

"그만두지 못하겠니?"

르픽 씨가 화를 내며 홍당무의 팔을 잡았다. 그리고 홍당무의 입을 막으며 소리쳤다.

"어쨌든 네 어머니다."

"그래요. 정말이에요. 엄마는 엄만걸요."

홍당무는 금세 순하고 얌전한 아이로 되돌아가서 이렇게 말했다.

# 홍당무라는 이름

누구든 르픽 씨 가족의 앨범을 보면 이상하게 여길 것이다. 에르네스틴과 펠릭스의 사진은 수없이 붙어 있다. 예쁜 옷을 입고 웃고 있는 사진, 찡그리며 앉아 있는 사진, 벌거벗고 서 있는 사진 등이 수없이 많다.

누나와 형은 가끔 이렇게 물었다.

"그런데 홍당무 사진은 어디 있어요?"

"홍당무의 어렸을 때 사진이 많이 있었는데, 너무 귀여워서 보는 사람들마다 한 장씩 가져갔어. 그래서 지금은 한 장도 남아 있지 않아."

르픽 부인은 웃으면서 항상 이렇게 대답한다. 사실 홍당무는 지금까지 한 번도 사진을 찍은 적이 없다.

모두들 '홍당무'라고 부르기 때문에 가족들조차도 홍당무의 진짜 이름을 금방 떠올리지 못한다.

이웃들은 가끔 이렇게 묻곤 한다.

"왜 모두들 홍당무라고 부르지요? 머리카락이 붉기 때문인가요?"

그럴 때마다 항상 르픽 부인은 이렇게 대답한다.

"성격은 훨씬 더 붉다오."

홍당무의 외모에 나타나는 특징들을 보면, 얼굴은 우선 다른 사람들에게 호감을 살 만한 얼굴이 아니다. 코는 두더지 굴처럼 크고 깊다. 귓구멍은 아무리 깨끗이 청소해 주어도 금세 더러워진다. 혀에는 언제나 설태가 끼어 있다. 꼽추처럼 등을 구부리고 걷는다. 목에는 언제나 시커먼 때가 목걸이라도 한 것처럼 덮여 있다. 몸에서는 이상한 냄새가 난다. 결코 향기롭지 않은 냄새이다.

홍당무는 아침에 가족 중에서 가장 먼저 일어난다. 하녀와 거의 동시에 일어난다. 겨울에도 해가 뜨기 전에 일어난다. 그리고 커피나 코코아만 준비되면 무슨 빵이든지 상관없이 급히 먹어치운다.

가족들이 누군가에게 홍당무를 소개하는 자리가 있다. 그럴 때 홍당무는 상대방의 얼굴을 똑바로 쳐다보지 않는다. 고개를 돌리고 옆 벽을 긁기 일쑤다.

"나에게는 키스해 주지 않겠니?"

상대방이 만약 이런 부탁이라도 하면, 홍당무는 이렇게 대답한다.

"아니요. 그렇게까지 하실 필요는 없어요."

"홍당무야, 그렇게 말하면 안 되는 거야."

르픽 부인은 괜히 교양 있는 척하며 홍당무를 잘 타일렀다. 그리고 이웃들이 돌아가면 항상 말투가 바뀐다.

"홍당무야, 부르면 곧바로 대답은 해야지. 뭘 하고 있니?"

"으음, 음……."

"무슨 짓이냐? 입에 음식이 들어 있을 땐 말하지 말라고 했잖니!"

르픽 부인이 화를 내며 말했다.

홍당무는 거의 언제나 주머니에 손을 넣고 다닌다. 그러다 르픽 부인이 다가오면 급히 손을 뺀다. 하지만 아무리 빨리 빼려고 해도 들킬 때가 더 많다. 르픽 부인은 어느 날 홍당무의 손을 넣은 채로 주머니를 꿰매 버렸다. 홍당무는 그날 하루 종일 뒤뚱거리며 걸어 다녔다.

게으름뱅이 펠릭스가 간신히 학교를 졸업했다. 펠릭스는 홀

가분한 마음으로 기지개를 켰다.

"넌 도대체 뭘 하고 싶냐? 이제 일생 동안 할 일을 결정해야 할 나이다."

르픽 씨가 물었다. 그러자 펠릭스가 되물었다.

"뭐라고요? 또 무슨 일을 해야 해요?"

홍당무는 바깥에서 아이들과 모여서 놀고 있었다. 친구들과 베르드라는 여자 아이에 대해서 이야기하는 중이었다. 어떤 아이가 베르드의 눈에 대해 말하고 있었다.

"베르드의 눈은 파란색이라 이상해. 우리는 모두 검정색인데."

"이상하지 않아. 베르드의 눈은 맑은 호수 같아."

홍당무의 한마디에 모두들 감탄하며 외쳤다.

"멋있어, 시인 같아."

홍당무가 곧바로 말했다.

"나는 베르드의 눈을 본 적은 없어. 그냥 아무 뜻 없이 말해 본 것뿐이야. 이런 걸 말장난이라고 하지."

눈이 와서 눈싸움할 때 홍당무는 혼자서 싸운다. 모두들 홍당무를 두려워하기 때문이다. 홍당무는 눈덩이 속에 돌을 넣어서 던진다.

다른 아이들이 얼음 위에서 미끄럼을 탈 때 홍당무는 얼음이 얼지 않은 마른 풀 위에서 혼자 미끄럼을 탄다. 말 타기 놀이를 하고 놀 때 홍당무는 처음부터 끝까지 말이 되고 싶어 한다.

술래잡기를 할 때 홍당무는 언제나 술래에게 일부러 잡혀준 다. 숨바꼭질을 할 때 홍당무는 너무 꼭꼭 숨어 버린다. 아이들 은 홍당무가 있었다는 사실조차 잊어버리곤 한다.

# 홍당무의 역할 1

삼 남매는 키 재기를 했다. 한눈에 보아도 펠릭스의 키는 에르네스틴이나 홍당무보다 한 뼘은 더 컸다. 그렇지만 에르네스틴과 홍당무는 거의 비슷했다. 에스네스틴은 발끝을 살짝 들고 키를 쟀다. 홍당무는 아무도 눈치 채지 못하게 허리를 살짝 굽혔다. 에르네스틴이 홍당무보다 더 커 보였다. 하지만 실제로 누가 큰지는 여전히 알 수 없는 일이다.

홍당무는 하녀 아가트에게 충고했다.

"어머니에게 잘 보이려면 내 욕을 하면 돼."

사실 그렇다. 하지만 르픽 부인은 다른 사람들이 홍당무에게 손을 대는 것만은 참지 못한다. 이웃집 여자가 때때로 홍당무를 때리려고 한다. 그때마다 르픽 부인이 달려가서 불같이 화를 내며 홍당무를 구해준다. 홍당무는 감격하지만 곧 집으로 끌려와 르픽 부인에게서 이런 말을 들어야 한다.

"내가 널 구해줬지? 자아, 이번에는 너와 나의 대결이다."

홍당무는 옆집에 사는 꼬마 피에르에게 물었다. 꼬마 피에르는 자기 어머니에게 귀여움을 받고 있다.

그런데 꼬마 피에르가 하는 이야기는 대부분 홍당무도 알고 있는 이야기였다.

"나는 한 번이라도 좋으니 감자튀김을 직접 내 손으로 접시에서 듬뿍 덜어 먹어봤으면 좋겠어."

가끔 에르네스틴과 펠릭스는 놀다가 싫증이 나면 장난감을 홍당무에게 기꺼이 빌려준다. 홍당무는 그럴 때 보잘것없는 행복을 맛본다.

하지만 홍당무는 절대로 재미있게 노는 모습을 보여주진 않는다. 장난감을 도로 빼앗길지도 모르기 때문이다.

"마틸드, 너는 내 귀가 아주 길다고 생각하지 않니?"

홍당무가 물었다.

"이상하게 생기긴 했어. 나한테 잠깐 빌려주지 않을래? 귓속에 모래를 넣어서 맛있는 파이를 구워 먹게."

마틸드가 웃으면서 대꾸했다.

"엄마가 내 귀를 잡아당기면, 귀에 불이 나서 저절로 파이가 구워질 거야."

홍당무가 씨익 웃으면서 말했다.

엄마가 자기를 보고 웃고 있다고 착각한 홍당무는 너무나 기뻐서 활짝 웃어주었다. 하지만 르픽 부인은 막연하게 딴 생각을 하며 웃었을 뿐이었다.

홍당무가 자기를 보고 웃는 것을 알아챈 르픽 부인의 표정이 갑자기 어두워졌다. 당황한 홍당무는 쥐구멍이라도 찾고 싶었다.

르픽 부인이 홍당무에 대해서 이웃들에게 이렇게 말했다.

"얘는 누가 재미있다고만 하면 자살이라도 해 보일 겁니다."

실제로 홍당무는 물을 가득 채운 양동이를 이용해 자살을 시도한 적이 있다. 홍당무는 용감하게 코와 입을 물 속에 집어넣고 한참 동안 그대로 있었다. 그때 누군가가 홍당무를 꺼내 뺨을 때리고 양동이의 물을 쏟아 버렸다. 홍당무는 그렇게 생명을 구한 적이 있다.

홍당무는 가끔 공상에 잠긴다.

"만약 펠릭스 형처럼 새해 선물로 목마를 받는다면, 나는 그 목마를 타고 달아나 버릴 거야."

홍당무는 종종 휘파람을 분다. 그러나 르픽 부인의 모습만 보이면 즉시 그친다. 홍당무는 재채기가 나오려는 순간에도, 르픽 부인이 나타나면 멈출 수 있을 정도이다.

홍당무는 르픽 씨와 르픽 부인의 중간에서 연락병 역할을 하는 경우가 종종 있다.

"홍당무야, 이 셔츠에 단추 하나가 떨어졌구나."

르픽 씨가 이렇게 말하면 홍당무는 셔츠를 들고 르픽 부인에게 간다. 그리고 르픽 씨의 말을 그대로 전한다.

르픽 부인은 투덜거리면서 바느질 통을 꺼내 단추를 단다. 그리고 다시 홍당무에게 말을 전한다.

"잘 꿰매어 놓겠다고 전해라."

# 홍당무의 역할 2

에르네스틴이 어느새 약혼을 했다. 학교를 아직 졸업하지 않아 결혼은 몇 년 후쯤에나 해야 했다.

에르네스틴은 약혼자와 산책을 하기 위해 르픽 부인에게 허락을 받았다. 그러나 언제나 홍당무와 함께 가야 한다는 조건이었다.

"홍당무야, 반드시 우리 뒤를 따라올 게 아니라 먼저 저만치 뛰어가도 돼."

에르네스틴이 말했다. 홍당무는 누나가 평소와는 다르게 친절하게 말하자 그렇게 할 수밖에 없었다. 잽싸게 앞으로 달려나갔다.

그러나 너무 빠르게 달리다 보니 숨이 차서 속도를 늦추었다. 그런데 뒤에서 키스하는 소리가 들려왔다.

홍당무는 헛기침을 하는 척했다. 그래도 누나와 약혼자는 홍당무에게 전혀 신경을 쓰지 않았다.

홍당무는 괜히 신경질이 났다. 마을의 십자가상 앞까지 왔을 때, 모자를 벗어서 땅바닥에 내동댕이쳤다. 그리고 모자를 발로 마구 밟으면서 외쳤다.

"아무도 나를 사랑하지 않을 거야, 아무도!"

그때 담장 위로 불쑥 르픽 부인이 얼굴을 내밀었다. 입가에는 무서운 미소를 머금고 있었다.

홍당무는 어쩔 줄 몰라 하며 이렇게 덧붙였다.

"엄마만은 예외이지요. 그렇죠, 엄마?"

홍당무

◆ 작품 소개

> 프랑스의 소설가이자 극작가인 쥘 르나르가 자신의 불우한 유년
> 시절을 바탕으로 쓴 작품

사춘기 소년의 일상을 재미있는 삽화와 함께 그려낸 성장소설로 1892년에 발표된 이후 세계적으로 꾸준히 큰 사랑을 받고 있다. 이 작품은 성장기 소년이 겪는 일상의 일을 간결한 문체로 유머러스하게 묘사하고 있다. 소년은 자신을 '홍당무'라고 부르는 주변 사람들과 세상에 대해서 적개심을 품고 있다. 하지만 많은 에피소드가 밝은 웃음을 선사하며 마무리되어 작가의 따뜻한 시선을 느낄 수 있다. 19세기 중산층 가정의 실체를 적나라하면서도 유머러스하게 묘사하며 예민한 감수성을 지녔지만 내적으로 모순된 한 성장기 소년의 초상을 그리고 있다.

◆ **줄거리**

르피크가(家)의 막내아들인 주인공은 붉은 머리칼에 얼굴은 온통 주근깨투성이인 탓에 '홍당무'로 불린다. 형과 누나에게 따돌림을 당하고 쌀쌀맞은 엄마에게 온갖 구박을 당하며 마음의 상처를 받는다. 심지어 아버지는 아들의 상처조차 전혀 알지 못한다.

홍당무의 가족은 어색한 침묵과 대화가 단절된 생활이 일상적이다. 홍당무는 식탁 밑 한쪽 구석에 앉거나, 텅 비어 있는 좁고 낮은 토끼장에 처박혀서 혼자만의 공상을 펼치며 삶의 위안을 느낀다. 가족의 사랑을 받지 못한다는 피해의식 때문에 홍당무는 가출하기도 하고 자살까지 생각하지만 결국 자신의 상황을 극복하며 가족과 세상에 대한 이해의 폭을 넓혀 나간다.

◆ **등장인물 소개**

**홍당무**_ 못생기고, 엄마와 형, 누나에 치여 집안의 궂은일을 맡아하며, 관심과 사랑을 갈구한다. 홍당무는 괴상한 식구들을 관찰하며 무관심이라는 폭력을 경험하고 상처를 쌓아간다. 누구보다 예민하고, 식구들 나아가 세상에 대해서 불만을 갖고 있지만, 한편으로는 이런 상황을 유머로 극복할 만큼 긍정적이다.

**르픽 부인**_ 의붓엄마라고 의심이 갈 정도로 홍당무를 구박하고, 자식들을 편애하는 이상한 성격을 가지고 있다.

**르픽 씨**_ 무뚝뚝하며, 가족들에게 감정 표현을 잘 하지 않는다. 그러나 마음에는 사랑을 가지고 있다.

**펠릭스**_ 르픽가의 장남으로 게으름뱅이이고 겁쟁이이며, 자주 동생을 골리는 행동을 한다.

**에르네스틴**_ 새침떼기이긴 하나 일요일에는 동생들을 단장시켜주는 살뜰함을 가지고 있기도 하다.

### ◆ 들어가기

미국 소설가 어니스트 헤밍웨이는 불행한 유년 시절이야말로 작
가에게 더할 나위 없이 좋은 자산이 된다고 말한 적이 있다. 그의
말대로 어린 시절부터 어느 것 하나 부족한 것이 없이 유복하게
자란 사람보다는 온갖 고통과 좌절을 겪으면서 자란 사람이 그렇
지 않은 사람보다 아마 예술가로서의 상상력도 풍부하고 작품의
소재도 넉넉할 것이기 때문이다.

19세기 프랑스의 작가 쥘 르나르(1864~1910)는 바로 이러한
작가 중의 한 사람이다. 유년 시절 이기적이고 괴팍한 어머니를
비롯한 집안 식구들로부터 제대로 사랑을 받지 못한 채 그는 불
행한 유년 시절을 보냈다. 실제로 르나르의 어머니는 말수가 많
은데다 히스테리 경향이 강한 여성으로 르나르에 대해 지나치
게 강압적인 태도를 취하였다. 감수성이 예민한 유년기와 소년
기에 그는 이러한 어머니 때문에 마음의 상처를 많이 받았다.

이렇게 르나르가 불행한 소년 시절의 경험을 바탕으로 쓴 작품이 바로 《홍당무》(1894)라는 자전적인 소설이다. 이 작품에는 작가의 어린 시절이 마치 고생대 식물을 간직하고 있는 화석처럼 고스란히 잘 나타나 있다. 르나르가 결혼하여 신부와 함께 고향으로 어머니를 찾아갔을 때 그의 어머니는 자기의 아내를 사뭇 불쾌하게 대하였다. 이러한 모습을 보고 그는 소년기에 겪은 불행한 경험을 회고하면서 이 소설을 쓰기 시작하였다. 르나르는 한 일기에서 "내가 《홍당무》를 쓴 동기는 아내에 대한 어머니의 심술궂은 태도에서 비롯되었다."라고 적고 있다. 그는 이처럼 어둡고 불우한 유년의 경험을 한 편의 소설로 승화시켰던 것이다.

### ◆ 자전적인 성장소설

《홍당무》의 주인공은 머리카락이 붉고 주근깨가 많아서 '홍당무'라는 별명으로 불릴 뿐 이 작품 어디에도 그의 본명이 나오지 않는다. 그만큼 그는 무명(無名) 인간으로 가족의 천대를 받으면서 살아가는 소년이다. 작가는 이 소설을 주인공이 방학과 휴가 기간에 형과 함께 집에 머무는 동안 일어나는 일을 스케치 형식으로 그리고 있다. 그러므로 플롯이 짜임새 있고 탄탄하게 구성되어 있다기보다는 에피소드 식으로 느슨하게 짜여 있는 것이 특징이다.

소설 전통에서 보면 이 작품은 성장소설에 속한다. 나이 어린 주인공이 온갖 시련을 겪으면서 정신적으로 성장해 가는 과정에 초점을 맞추기 때문이다. 그러나 청소년의 성장을 다룬 성장소설이라고 해도 마크 트웨인의《톰 소여의 모험》이나《허클베리 핀의 모험》과는 사뭇 다르다.《홍당무》에서는 트웨인의 작품처럼 꿈 많고 순수한 개구쟁이들의 낭만적이고 모험적인 분위기를 좀처럼 찾아볼 수 없다.

한편 문학 전통에서 보면《홍당무》는 자연주의 전통에 서 있다. 르나르는 될 수 있는 대로 감상을 배제한 채 과학자의 냉혹한 시선으로 현실을 바라보면서 간결하면서도 명징한 언어로 삶의 모습을 표현하려고 하였다. 자연주의 소설이 흔히 그러하듯이 이 작품에서도 작가는 교훈적이거나 도덕적인 주제를 좀처럼 말하지 않는다. 작품의 결말도 권선징악이나 해피엔딩으로 끝나지 않는다. 작품에 등장하는 인물들에게서는 애정도, 열정도, 행복한 마음도 찾아볼 수가 없다. 과학자가 임상 실험을 하듯이 '삶의 단면'을 있는 그대로 보여줄 뿐이다. 1894년 르나르가《홍당무》를 처음 발표했을 때 프랑스의 주요 문학잡지들은 일제히 상당한 지면을 할애해 이 작품의 주제와 독창적인 문

체에 주목하였다.

◆ **작품의 배경과 내용**

《홍당무》에서 주인공 '홍당무'는 빨강머리에 주근깨투성이인 소년이다. 그는 언제나 형과 누나, 그리고 어머니에게서 놀림을 받는다. 홍당무는 유난히 자신만 미워하는 어머니 르픽 부인이 마음에 들지 않는다. 유일하게 홍당무의 편이 되어 주는 아버지 르픽 씨는 사업 때문에 늘 바쁘고 집을 비우는 일이 잦아서 홍당무의 힘이 되어 주지 못한다. 그의 아버지는 홍당무에게 "참고 견뎌라. 철갑을 두르듯 네 마음을 단단히 무장해라. 어른이 되어 네 스스로의 힘으로 자유를 얻을 수 있을 때까지. 그때가 되면 네 성격이나 기질은 바꾸지 못한다고 하더라도 우리들에게서 해방되어 우리를 버리고 가족을 바꿀 수 있을 테니까."라고 위로할 뿐이다.

식사를 할 때도 형과 누나는 음식을 마음대로 더 먹을 수 있지만 홍당무는 더 먹고 싶어도 참아야 한다. 어머니의 기분이 좋은 날이면 음식을 더 먹을 수 있지만 평소에는 그렇지 않다. 끊임없이 놀려대는 형 펠릭스와 정은 많지만 형과 한패가 되어 역시 홍당무를 놀려대는 누나 에르네스틴, 그리고 그들의 중심에서 홍당무를 남처럼 대하는 어머니 속에서 홍당무는 어린 시절을 우울하고 힘겹게 보낸다.


◆ **작품의 중심 주제**

쥘 르나르는 《홍당무》에서 19세기 중산층 가정의 실상을 적나라하게 묘사한다. 흔히 가정이라고 하면 휴식과 안식, 편안함과 안락함의 상징이다. 일찍이 미국의 시인 로버트 프로스트는 '가정이란 돌아가야 할 때 언제든지 반갑게 받아주는 곳'이라고 노래한적이 있다. 그러나 르나르는 이러한 가정의 모습은 기껏해야 문학속에서나 찾아볼 수 있는 꿈과 이상일 뿐 실제 사실과는 거리가멀다고 보았다. 그가 바라본 가정의 모습은 정글 속처럼 가족 구성원이 서로 갈등하고 반목하고 질투하고 시기하는 공간에 지나지 않는다. 겉으로는 어린아이의 순수한 시각을 빌려 한 가족에관한 이야기를 하고 있지만, 실제로는 뒤틀리고도 억눌린 인간 본연의 심리를 냉혹하게 파헤친다.

　홍당무의 가족은 흔히 '가족'이라고 할 때 연상하는 의미와는 거리가 멀다. 집안의 모든 허드렛일은 홍당무에게 시키고, 어머니는 자신의 잘못을 아이에게 덮어씌우기 일쑤며, 교육이라는 그럴 듯한 이름으로 선물을 빼앗기도 한다. 홍당무는 그러한 어머니의 마음에 들기 위해 온갖 노력을 아끼지 않지만 그에게 돌아오는 것은 거의 언제나 매와 야단뿐이다.

실제로 홍당무는 나쁜 아이가 아니다. 다만 형이나 누나보다 야단을 피하는 요령이 부족할 뿐이다. 야단을 맞을까 봐 사소한 거짓말을 한다든지, 음식을 몰래 먹는다든지, 장난을 친다든지 하는 일은 아이들이라면 누구나 거쳐 가는 성장의 과정이지만, 홍당무에게는 그러한 너그러움이 용납되지 않는다. 삭막한 집 안 분위기 속에서 자라는 홍당무는 늘 식탁 밑 한쪽 구석에 앉 아 있거나, 텅 비어 있는 좁고 낮은 토끼장에 처박혀서 혼자만 의 공상의 날개를 펼치며 비로소 삶의 위안을 느낀다.

르나르는 이 작품에서 "에르네스틴 누나는 다정스럽기가 마 치 천사 같고, 펠릭스 형은 마음씨가 비단결 같고, 아버지 르픽 씨로 말하자면 천성이 강직하며 사리판단에 어긋남이 없고, 그 리고 어머니 르픽 부인은 요리 솜씨가 아주 뛰어나지. 두고 보 면 알겠지만, 식구 중에서 아마 가장 심술궂은 게 바로 나 홍당 무일 거야."라고 말한다. 그러나 이 문장은 액면 그대로 받아들 일 것이 못 된다. 주인공 홍당무는 여기에서 반어적으로 말하고 있기 때문이다.

르나르는 이 작품에서 아름다운 가족 공동체의 허상을 폭로 할 뿐만 아니라 더 나아가 어린 소년에 대한 전통적인 허상을 폭로하기도 한다. 주인공 홍당무는 전통적인 소설에서 보아 온

소년의 모습과는 크게 차이가 난다. 전통적인 작품에서 소년이나 소녀는 흔히 천사 같은 이미지로 아름답고 순수하게 묘사되기 일쑤이다. 그러나 홍당무에게서는 또래아이들한테서 흔히 찾아볼 수 있는 순수함, 모험심, 용기, 의지, 자신감, 미래에 대한 확신 같은 것은 아무리 눈을 씻고 찾아도 찾아볼 수 없다. 오히려 어린아이답지 않게 잔인하고 교활하며 불결하다.

예를 들어 홍당무는 동물들을 잔인하게 학대하고, 놀이를 할 때도 잔혹하게 놀며, 때로는 어른들처럼 속물근성과 위선적이고 비인간적인 성격까지 드러내기도 한다. 한마디로 일찍이 영국 낭만주의 시인 윌리엄 워즈워스가 '어린이는 어른의 아버지'라고 노래한 그러한 어린이의 모습은 그 어디에서도 찾아볼 수가 없다.

이 점과 관련하여 르나르는 이 작품에서 "아이의 복잡하고 양면적인 감정들을 보여 줌으로써 아이는 어른과 마찬가지로 악덕과 미덕을 동시에 지닌 복잡한 인격체라는 것을 증명하고자 하였다. 그리고 그 인격체는 곧 '인간', 즉 보편적 인간이다."라고 말한 적이 있다.

요즈음 들어 아동 학대 문제가 심심치 않게 사회 문제로 떠오르고 있다. 이 소설은 어린이 학대의 중요한 주제 중의 하나로 다룬 작품으로 보아도 크게 틀리지 않는다. 주인공은 어머니와의 갈등과 긴장이 더 이상 참을 수 없을 만큼 되자 한때 가출을 결심하고 심지어 자살을 생각하기까지 한다.


◆ **작가 소개**

쥘 르나르는 1864년 2월 중부 프랑스 라바울에서 태어났다. 파리의 샤를마뉴 고등학교를 우수한 성적으로 졸업했지만 철도회사나 창고회사 등에서 낮은 급료를 받으며 어려운 생활을 하였다. 그 뒤 시와 소설을 쓰면서 5년 동안 〈피가로〉 지에서 신문기자 생활을 한 르나르는 1894년 《홍당무》를 발표하여 일약 명성을 떨치게 되었다. 이 소설은 곧 희곡으로 각색되어 파리에서 상연되자마자 대단한 호평을 받았을 뿐만 아니라 세계 여러 나라 말로 번역되었다.

르나르는 이때부터 본격적으로 문학 공부를 시작하여 시집 《장미》와 소설집 《마을의 범죄》를 출간하면서 본격적으로 작가의 길로 들어섰다. 그의 주요 작품으로는 《홍당무》 말고도 《식객》, 《포도밭 재배인》, 《박물지》 등이 있다. 극작가로서의 재능도 발휘하여 《이별도 즐겁다》와 《일용할 양식》 등의 희곡을 썼다. 사후에 발표된 《일기》는 1887년부터 24년 동안 파리에서 겪은 고통스러운 생활과 작품에 관한 메모를 적은 것으로 뛰어

난 일기문학으로 평가받고 있다.

1907년에 르나르는 아카데미 공쿠르 회원으로 선출되었다. 만년에 르나르는 고향으로 돌아가 촌장 일을 보면서 농촌을 개혁하는 데 힘을 기울였다. 1910년 그는 동맥 경화증으로 세상을 떠났다.